講義　日本文学

〈共同性〉からの視界

東京大学文学部国文学研究室　編

東京大学出版会

Lectures on Japanese Literature:
From the Viewpoint of 'Community'

Department of Japanese Literature, Faculty of Letters,
The University of Tokyo, Editor

University of Tokyo Press, 2021
ISBN 978-4-13-082046-2

はじめに
——なぜ〈共同性〉を問題にするのか

渡部泰明

これから日本文学の講義を始めよう。日本の文学とはどういうものなのか、一緒に考えていきたいと思う。といっても、日本文学の歴史は長い。それぞれ専門を異にする六人の力を結集しながら、日本の文学の核心に迫ってみたい。

まずは大きな問いを設けてみよう。文学とは何か、だ。小難しい定義はいったん棚上げにして、ごく一般的な感覚で、こう考えてみる。普通ならしないような、変な表現が、堂々と行われ、それらが言語表現として、一つの「世界」と呼びたくなるようなまとまりをもっていること——とりあえずそんな大雑把な言い方でつかまえておこう。

なぜそんな「変な」表現が許されるのだろう？　私たちは当然疑問に思う。不思議だ、その謎を解き明かしてみたい、と思っている人もいるだろう。そう思ったとき、私たちは文学の魅力に取り込まれ始めた、と言ってよい。そしてなにより、文学研究の第一歩を踏み出した、と言えるのだと思う。

いま、「変な」表現と言ったけれども、「変な」と感じるのは、この場合まずは私たちだ。言語は時代とともに変化するから、当の表現がなされた時代には、変でも何でもない、ごく普通の言い方だったかもしれない。言葉は生き物である。それが生きていた時代や環境への目配りを忘れてはいけない。たしかにそうだ。しかしそれは別に文学に限らないだろう。言語表現一般の話でもある。

いま問題にしているのは、あくまで当時の人が「変だ」と感じる場合である。しかし文学の場合は、「変だ」というだけでは足りない。ただの言い間違いや未熟な表現だって、「変」には違いない。肝腎なのは、その表現が、何か特別な印象をもたらしていることである。しばしば明確な説明に窮する、ある種不可思議な心的現象を引き起こしていることだ。要するに、わけもなく心動かされているのである。

では、心動かされるというのは、どういう体験だろうか。「驚き」に近いが、必ずしも同じではない。旧いものが更新され新たになる感覚、と言ってみたらどうだろう。こういうものだと思い込んでいた事柄が、面目を新たにする瞬間、である。更新される対象は、「自分」でもある。自分に対する思い込みも揺るがされ、風穴が空く。そこから他者との新しいつながりが生まれる。他者との関係性もまた、更新されるのだ。いや、正確には逆かもしれない。他者が生み出した言葉に動かされてしまったのだから、最初に襲われたのは、他者とのつながりの感覚と呼べそうだ。それが「私」のもっている殻や壁を突き破り、自己を新たにする。そして自己が存在する世界の面目をも変える。

自分と世界の更新――ずいぶん大きな話になってきた。本当にそんなことが可能なのか。可能だとしたら、どうしてか。

　一つの有力な答え方がある。

　生み出された特異な表現が、そもそも他者とのつながりに深く関わるものだった、とする考え方である。つながりを生み出す原動力になるもの、いや、いっそ「つながり」そのものがそこに隠れていた、と見なすのだ。言葉の背後にあって、言葉を支えている人間同士のつながり、あるいは人間同士のつながりを生み出すもの。これをいま、〈共同性〉と呼ぶことにしたい。

　日本文学の大きな特徴の一つに、一定の人々の融和・連帯・交流に支えられたり、またそれを生み出したりする、という点がある。もちろん、孤高の精神による、世間から隔絶した文学世界の創出が、ないというわけではない。しかしそれらも、「つながり」とともにある言語世界との、密接な関わりのなかで形成されていることが、さまざまの局面で明らかにされている。文学研究の成果ということができるだろう。

　いずれにしても〈共同性〉は、言葉の背後に隠れた、普段は明確に意識されない領域にあることになる。だからこそ、容易に動かしがたい、それだけ強固な「つながり」の母胎として想定される。分析のための方法的な概念だといってもよい。

　となると、賢明な人たちは、こう考えるかもしれない。目に見えない、意識されないものとして想定されるというなら、それは存在しないのではないか？　幽霊やＵＦＯと同じように、幻想の所産なのではないか？　そもそも言語というものが人間社会の共有財産なのだから、それがつながりをもたらす契機となることは、何の不思議もないではないか。

　そういう疑問ももっともだ。では、〈共同性〉は有るのだろうか、無いのだろうか。有るのだとしたらそれはどういうもので、無いのだとしたら「つながり」を生み出す力はどこから来たというのだろうか。

答えはあなた自身に出していただきたい。それを考えるために、古代から現代までの具体的な作品や表現をめぐって、語ってみることにしよう。

本書では、問題を明確にするために、三部構成を採った。〈共同性〉は、作り手が作品を作るときのより所であったり原動力であったりする。つまり作者の側から捉えることができる。そのとき、私たちが何となく思い込んでいる「作者」という存在にも、あらたな照明が当たることになる。「I　作者はどこにいるか」の各講がそれである。また〈共同性〉は読者の側からも問題化される。作品の深層を暴き立てるのは必ず読者の仕業であり、それが読者の恣意に任されたものでなく、作品がそうさせたものであるといえるならば、作品と読者をつなぐ何かがきっとあるにちがいない、と想定されるからである。「II　読者との往還」に収められた四講がそれに当たる。そして「III　創出された〈共同性〉」では、〈共同性〉が求められ、生み出されている経緯を、可能な限り表現に即しながら、追究してみた。〈共同性〉の正体を考えるヒントに成れば幸いである。しかし、〈共同性〉はあくまで媒介にすぎない。日本文学の面白さにたどりついてほしいというのが、私たちの本当の願いである。

講義　日本文学――――目次

III　創出される〈共同性〉

I

作者はどこにいるか

第1講

歌謡の仕組み

——雄略記を読む①

鉄野昌弘

口で歌われる歌を歌謡と呼ぶならば、歌謡は、
歌い手と聞き手が場を同じくするという最も原初的な共同性を持つと言えるだろう。
文字で書かれるのが文学だとすれば、
文学以前に属するかもしれないが、
歌謡には、そうした原初的な共同性に応じた文体があるのではなかろうか。

古代和歌の共同性

私たちは、文章というものを、筆者個人の所有物のように考えています。例えば、小説や歌詞には著作権があって、勝手に写したり真似をしたりして利益を得たら、賠償を要求されます。研究者だって、他人の論文の内容を盗用したことが明らかになったら、もう学界では生きてゆけません。学生諸君も、レポートや卒業論文で、出典を明らかにせずに、書物やインターネット情報を丸写ししたら、停学その他、きついおとがめが待っていることは承知してますよね（言い回しだけ替えてもだめです）。それは、およそ文章というものが、書き手・作者のものとされているからです。

しかし古典文学では、必ずしもそうではありません。例えば、平安時代から中世にかけての物語とか説話だとかは、作者や書き手が誰だかわからないのが普通です。和歌でも「よみ人しらず」の歌は、『古今和歌集』で全体の四割を超え、『万葉集』では、四千五百余首中、約半分が、原則として作者を記さない巻に収められています。

それだけではありません。古代の和歌には、類句・類歌という現象があります。例えば、『万葉集』には、「妹は心に乗りにけるかも」（愛しい女が、心の上に乗ってしまったように忘れられない）を下句として共有し、上句に様々な序詞を置いて、その心のさまを表現する歌々が、七世紀半ばの「初期万葉」の時代から、八世紀の奈良時代に至るまで、たくさん見られます（『万葉集』の引用は、木下正俊校注、塙書房CD－ROM版に拠る）。

東人(あづまと)の荷前(のさき)の箱の荷(に)の緒(を)にも妹は心に乗りにけるかも　（巻二・一〇〇、久米禅師）

東国の民が献上する初穂を入れた箱の荷の紐が厳重にくくられているように……

春さればしだり柳のとををにも妹は心に乗りにけるかも　（巻十・一八九六、柿本人麻呂歌集）

春になると芽吹いてしだれ柳の枝がたわわに垂れるように……

宇治川の瀬々のしき波しくしくに妹は心に乗りにけるかも　（巻十一・二四二七、同）

宇治川の瀬のあちこちに重なって立つ波のようにしきりに……

大船に葦荷（あしに）刈り積みしみみにも妹は心に乗りにけるかも　（巻十一・二七四八）

大きな船に葦の荷を刈り積み、それがたっぷりであるように……

駅路（はゆまぢ）に引き舟渡し直（ただ）乗りに妹は心に乗りにけるかも　（巻十一・二七四九）

早馬が通る道から、綱を引いて川を渡る船を渡すように一直線に……

いざりする海人（あま）の梶の音ゆくらかに妹は心に乗りにけるかも　（巻十二・三一七四）

漁をする海人の船を漕ぐ梶の音がゆっくりしているように……

今ならば、すぐ「盗作」の声が上がりそうですが、二七四八と二七四九が連続して載せられているように、似た歌があるのは全然悪いこととは考えられていません。それどころか、作者不明の歌を一言一句変えずに自分の歌とした例がいくつもあります。だいたい編者と言われる大伴家持の歌からして、『万葉集』の他の歌との類句・類歌関係が多く見られます。そのため、近代に入ってから、家持の歌の評価は大変低くなってしまったのですが、それを模倣と呼ぶより、私たちと万葉びとの間に、歌というものの帰属に関して、大きな違いがあると考えるべきではないでしょうか。

和歌は、「一人称の文学」などと言われるように、自分の心情を表現するもので、『万葉集』には、平安時代以後の和歌と比較しても、ワレという言葉の使用率がより高いことが知られています。しかしその表現は、むしろ多数に共有されるものなのです。

鈴木日出男氏は、そうした類歌性は、原始的な村落をしのばせるような没個性的な言葉ではあるが、しかし単に原始共同体の名残などと理解されるべきではないと言います（「和歌における集団と個」『古代和歌史論』東京大学出版会、一九九〇、初出一九八八）。万葉和歌より古いはずの記紀歌謡には、そうした類歌性は見られないし、万葉和歌との間にも歌詞の共通性は認められない。類歌は、誰しもが詠歌の営為に参加できるための共通の形式であり、人々が自在に歌を詠むための表現形式なのだろう。そのために『万葉集』では、時代が下るほどにかえって類歌性が濃密になってゆく、と説きます。

なるほど、「妹は心に乗りにけるかも」などと下句が決まっていれば、誰でも簡単に和歌が作れるでしょう。例えば、「心に乗る」さまがずっしりと重いと表現するのならば、「街道に唸るダンプの過積載」とか、それらしい上句をアレンジすれば、それなりに自分オリジナルの和歌が出来る仕掛けです。

鈴木氏は、記紀歌謡から万葉和歌へ、歌謡を支える集団から和歌を詠む個へ、という従来の見方を疑問視します。記紀歌謡が宮廷儀礼と結びついて整備される時期と、万葉和歌が宮廷社会を中心に急速に発達する時期とは重なっているのだから、和歌が歌謡を駆逐しながら成立したとみるだけでは正しくない、と言うのです。

日本の詩歌では、集団と個とが、徹底的に対立し合うのではなく、どこかで連続性を保ちながら緊張関係を結んでおり、集団に関わることによって、かえって個が鮮明になる。時代とともに個の要素ばかりが強まってゆくのではなく、歌会や歌合が発達し、あるいは連歌や俳諧（連句）が新しい詩形として考案されるように、絶えず集団性との関わりのなかで、緊張的な詩性が保たれてきた、という鈴木氏の見通しは魅力的です。

正岡子規が、「歌よみに与ふる書」(一八九八)で、古典和歌が表現を共有し、伝統に則ることを、先人の残りかすを舐めるようなものと非難し、それが受け入れられて、近代では個の要素や独自性ばかりが重視されるようになったのですが——子規は『古今集』を下らないと攻撃し、『万葉集』尊重を説いたのですが、その類型性には注意しませんでした——、その価値観で古典和歌を裁断するのは、もう誤りと言っていいでしょう。考えてみれば、心情表現も、受け手に共感されて初めて意味を持つのですから、作り手個人だけでなく、受け手を含めた集団・社会を勘定に入れて考えるのは当然なのです。

そしてそうした和歌の共同性は、本来的に、歌が文字通り「歌われる」ものであることに由来するように思われます。歌が音声をもって歌われれば、必然的に周囲に共有されることになるはずです。ただし先に見たような万葉和歌の類歌性は、和歌が定型詩であることの上に成り立っている、という面も考慮に入れるべきでしょう。五—七の定型の上にある、短歌に限れば全てが三十一文字であることは、極端に言えば、短歌は全て替え唄である、ということになるわけで、似たような歌句が現われて当然、むしろそれを前提に和歌は成り立ったと考えられるのです。そしておよそ定型詩というものが民衆の間に自然発生するものでなく、制度的に創られたのだとすれば、万葉和歌の類歌性は、古代国家の産物という意味で古代的ではあっても原始共同体の名残などでは勿論ない。むしろ宮廷という狭く、文化的に洗練された社会のなかの共同性として始まったのではないでしょうか。

記紀歌謡の共同性

ならば万葉和歌以前に位置づけられる歌謡の方は、どのような共同性を持っているのでしょうか。『古事記』『日本書紀』の歌を「歌謡」と呼ぶことは、歌い手が声に出して歌い、それを聞き手が聞いている、という「場の共同性」を前提としています。実際、記紀にそれぞれ百数十首記されている歌は、すべて誰かが(不特定多数の場合もありますが)、ある状況において歌ったものが伝えられ、書きとめられたという体で掲載されているし、その歌に曲名が付けられている場合さえあります。そして、短歌形式に近い歌もありますが、多くはそれぞれの句の音数に出入りがあって、歌詞に内在するリズムよりも、音楽的なリズムに従っていることが窺われます。しかし一方、それらはいくばくか、その歌い手の心情表現にもなっており、和歌と同様、個的な契機もはらまれています。だとすれば、歌謡は歌謡で、あらためて「集団と個」の関係を考える必要があるように思われます。具体的に言えば、集団と個を繋ぐ仕組みが、定型和歌の類歌性とは異なる形で、不定形の歌謡にもあるのではないか、と思うのです。

とはいえ、一口に記紀歌謡と言っても、多種多様です。ここでは、様々な状況で歌が歌われている『古事記』下巻の雄略天皇条(以下「雄略記」)を中心に、その諸相を読み取りながら考えてゆきたいと思います。雄略記は、ほとんどが歌を中心に語られる、いわゆる「歌謡物語」によって構成されているのです(『古事記』の引用は、神野志隆光・山口佳紀校注、小学館新編日本古典文学全集本に拠る)。

雄略天皇の虚像と実像

雄略天皇は五世紀に実在の人物です（記紀では第二十一代）。ただし「雄略」という漢風のおくり名は奈良時代末頃に付けられたのであり、「天皇」も七世紀になってから用いられるようになった称号です。当時はワカタケル大王と呼ばれていたらしい。それは文献資料のみならず、考古資料からも判明します。埼玉県の稲荷山古墳出土の鉄剣の銘文は、辛亥年（四七一）七月の年紀を持ちますが、そこに「ワカタケル大王の寺、シキの宮に在る時、吾天下を左治し」云々と見えます（原漢文）。熊本県の江田船山古墳の鉄剣銘に見える名もワカタケル大王と読めます。そこには「杖刀人」（稲荷山鉄剣）とか「典曹人」（江田船山鉄剣）といった、大王に奉仕する官人の地位らしき名称も見えます。被葬者がそれであるかどうかは別にして、大王の権力がこの頃、関東から九州にまで及んでいたことが二つの鉄剣銘から推定されます。ワカタケル大王は、日本列島に君臨する強大な権力者でした。

一方、『宋書』倭国伝には、順帝の昇明二年（四七八）、倭王武が上表文を奉ったとあります。内容は「自分たちは代々、自ら甲冑を着て、東は毛人を征すること五十五国、西は衆夷を服すること六十六国、渡って海北を平らげること九十五国、王道をはるかに開き、また宋に貢物をして遅れることは無かった。今、百済を経て宋に通ずる道を高句麗が無道にも塞ぐので、父祖の志を継いでそれにうち勝たんと思う」。武は、その上表文で、安東大将軍、倭国王などを自称し、宋はそれに応じて朝鮮半島での軍事権を認め、倭国王に任じています。「武」はワカタケルの「タケル」の漢字表記と見られます。ワカタケル大王は、中国（当時中国は南北に分裂状態でした。この宋は現在の南京を首都とした南朝の一つ）に使者を送って、倭国王の地位を認めてもらっていたのです。

『日本書紀』の雄略天皇像（以下混乱を防ぐために、雄略と呼びます）も、決して史実そのままではありません（例えば宋への遣使の記事などは見えません）が、そうした強大な権力者像はある程度伝えています。国内でも多くの血なまぐさい征討伝承があり、外征や帰化の記事も多数見えます。これに対して、雄略記には、天皇の強権ぶり、暴力的な側面は描かれるものの、外交記事などはほとんど載っていない。代わりに求婚譚を中心とした各地の女性との交渉が連ねられています。

若日下部王求婚の物語

最初の話は、皇后若日下部王に対する求婚の物語です。雄略は長谷朝倉の宮から、日下の直越えの道を通って若日下部王のもとに赴きますが、途中山の上から堅魚木を挙げた家を発見し、志幾の大県主の家と知ると、天皇の宮に似せて造ったと怒り、その家を焼こうとします（図1参照）。怖れ畏まった大県主がわびの証として、白い犬に飼育係を添えて贈ると、それを受け入れて許し、そのまま若日下部王のもとに向かいました。雄略はその犬を嬬問の礼物として王に贈りますが、王は、日の神の子孫である天皇が、東から日に背いて行幸されたのが恐れ多いとして、自ら宮へ赴くと申し出、雄略は帰ることになります。

「日に背いて」云々は、王がその場で作った理由でしょう。突然押し掛けられては、いくら天皇の求婚でもそのまま自分の家で結婚というわけにはゆきません。そうした強引な求婚が断られるのは、八千矛の神（大国主命の別称）の沼河日売に対する求婚と同じです。夜が明けてしまうから早く入れてくれ、と戸を叩き、夜明けを告げる鳥たちに八つ当たりをして、あの鳥たちをぶちのめして止めさせろ、と従者に息巻く八千矛の神を恐れて、沼河日売は、明日の晩ならゆっくり共寝も致しましょう、今はどうぞお引き取りを、と歌います（『古事記』上巻。第9講参照）。その性急さを、雄略も特徴として共有するのです。

■――序詞の表現

さて、共寝を果たせなかった雄略は、日下の直越の道を戻り、日下山の上で若日下部王を思う歌を歌います。

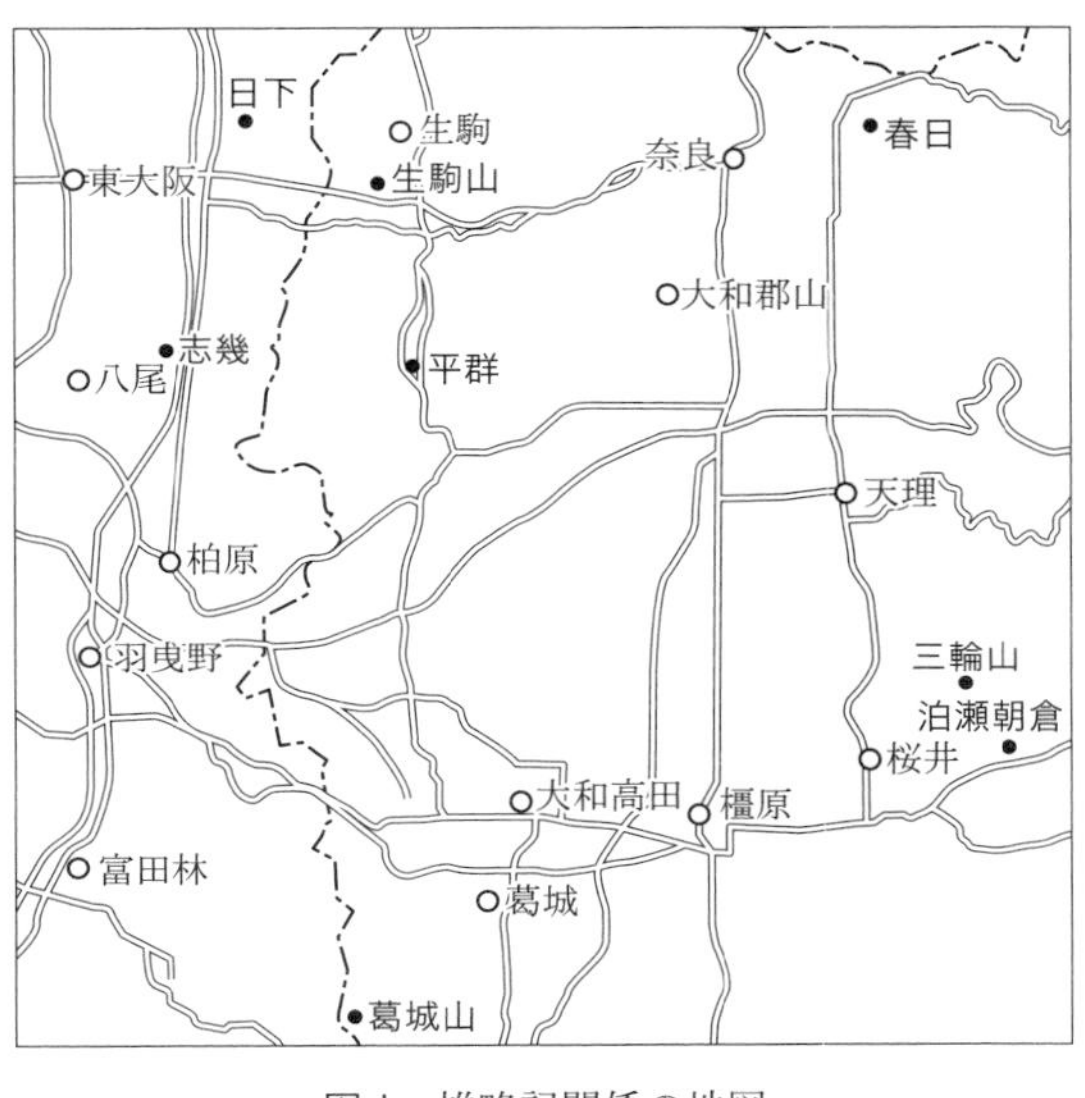

図1　雄略記関係の地図

日下部(くさかべ)の　此方(こち)の山と　畳薦(たたみこも)　平群(へぐり)の山の　此方此方(こちごち)の　山の峡(かひ)に　立ち栄(さか)ゆる　葉広熊樫(はびろくまかし)　本(もと)には　いくみ竹生(お)ひ　末方には　たしみ竹生ひ　いくみ竹　いくみは寝ず　たしみ竹　たしには率(ゐ)寝ず　後もくみ寝む　その思ひ妻　あはれ

日下部のこちらの山と、（畳薦）平群の山との、あちこちの山の峡谷に茂り栄えた葉の広い熊樫。その根元にはいくみ竹（交差する竹）が生え、梢の方にはたしみ竹（繁茂した竹）が生え、いくみ竹のように体を交わして寝ること無く、たしみ竹の名のように確かに共寝することも無い。でも後には体を交わして共寝しよう。その心に思う妻よ、ああ。

冒頭、「日下部の此方の山と、疊薦平群の山の此方此方の山の峡」は、生駒山と矢田丘陵に挟まれた平群谷のことで、それは日下とは反対の方向ですが、山上から見える場所です。そこに「立ち栄ゆる葉広熊樫」は、生命力の強い、呪物にもされる植物です。

命の　全けむ人は　疊薦　平群の山の　熊樫が葉を　髻華に挿せ　その子（『古事記』中巻・倭建命）

命の無事な人は、（疊薦）平群の山の熊樫の葉を髪飾りとして挿せ。そこの人たちよ。

熊樫は平群の名物だったのでしょう。倭建命（第十二代景行天皇の皇子）は客死の直前、大和に居る人たちに、その葉を髪に挿して、いよいよ健康であれ、と遺言します。

雄略の歌は、その熊樫から付近の竹に視点を移し、そこから若日下部王への思いへと転じてゆきます。そのように変転してゆく文脈は、次の歌を想起させます。

つぎねふや　山代川を　川上り　我が上れば　川の上に　生ひ立てる　烏草樹を　烏草樹の木　其が下に　生ひ立てる　葉広　斎つ真椿　其が花の　照り坐し　其が葉の　広り坐すは　大君ろかも

（『古事記』下巻・磐姫皇后）

（つぎねふや）山代川を遡り、私が上ってゆくと、川辺に生い立っている烏草樹（シャシャンボ、図2）よ。烏草樹の木よ。その下に生い立っている葉の広い神聖な椿。その花のように照り輝いていて、その葉のように広大無辺なのは大君だなあ。

仁徳天皇（第十六代）の皇后、磐姫（いわのひめ）は嫉妬に駆られて、山代川（木津川）を遡って実家のある葛城に帰ろうとするのですが、船から川辺を見ていると、なぜか大君を讃美する言葉が浮かんでくる。夫婦は結局よりを戻すのですが、風景を見ていても、結局天皇を偲んでしまう磐姫の心中は、その結末を暗示しています。

その風景の叙述は、歌では序詞と呼ばれる技法ですが、特に見えている景物を序詞とするのを「嘱目（しょくもく）の序」と言います。土橋寛（つちはしゆたか）氏は、「嘱目の序」や、その場に関係するものから歌い出す「即境的序詞」が序詞の起源であり、元来は技法というより「歌の発想法」であると捉えました（『古代歌謡論』三一書房、一九六〇）。歌の場から発想し始め、どこかで本旨である心情表現へと転換するのが古代歌謡の構造だと言うのです。その場にある、あるいは関係する景物から歌い出すというのは、その場をともにする聞き手を歌に引き入れる仕掛けと言えるでしょう。

図２　シャシャンボの花

磐姫の歌が、まず烏草樹に目を止め、次いでその下に生える椿に言及する経緯は、雄略の歌が熊樫からその周囲に生える竹に視点を移すのとよく似ています。そして「嘱目の序」から、その場に不在の人への思いに転換する点でも同じです。それぞれの歌は、そうした歌い手の心の動きをたどっているわけで、いかにも線的に展開してゆく「歌われる歌」に相応しいあり方と言えるでしょう。聞き手もまた、歌の進行とともに、その心情へと引き込まれてゆくのです。

■――「擬樹法」

次に、その転換のさまを見てみましょう。雄略の歌は、竹の描写から若日下部王との共寝を連想するのですが、そこには「たしみ竹」―「確に率寝」という同音関係が契機として含まれています。その点では、磐姫の歌が「葉広斎つ真椿」の照る花、広い葉が大君の比喩になって転換するのとはやや異なります。しかし「いくみ竹」―「いくみ寝ず」「くみ寝む」の方は、密生して交差する竹に自分たち二人の共寝の姿を見ているのでしょうし、「たしみ竹」は繁茂する竹の意で、「葉広熊樫」や「葉広斎つ真椿」同様、生命力の強い植物であることを表すのでしょう。竹の様子が全体として、これから結婚する二人を表象し、呪的に祝福する意義を持っていたことは、やはり認めてよいでしょう。

そうした植物と人間とを重ね合わせる発想は、記紀歌謡に広く分布しています。益田勝実氏が「擬人法」ならぬ「擬樹法」と名付けたところです(『古典を読む　古事記』岩波書店、一九八四)。

なづきの田の　稲幹(いながら)に　稲幹に　匍(は)ひ廻(もとほ)ろふ　野老蔓(ところづら)　(『古事記』中巻)

泥田の稲の切り株に、切り株に這い回っている野老(山芋に似た植物)の蔓よ。

倭建命が亡くなった時、后や子供たちが陵墓近くの田を這い回って哭きながら歌ったとされる歌です。自分たちの姿が、泥田に這い回る野老の蔓の中に見られています。

海処(うみが)行けば　腰なづむ　大河原(おおがはら)の　植ゑ草　海処はいさよふ　(同)

巨大な白い千鳥に変身して飛んでゆく倭建命を、海に入って追ってゆく后・子供たちの歌。必死に足を動かしながらもなかなか進めない自分たちを水草に譬えています。

海中を行くと腰まで水に浸かってなかなか進めない。広い川の水面に生えている水草のように、海中ではふらふらしている。

八田の　一本菅は　子持たず　立ちか荒れなむ　あたら菅原　言をこそ　菅原と言はめ　あたら清し女
（『古事記』下巻）

八田の一本菅は、子を持つことも無く、立ったまま枯れてしまうだろう。惜しい菅原よ。いや今、言葉で菅原と言ったが、本当は惜しい清し女よ。

八田の　一本菅は　一人居りとも　大君し　良しと聞こさば　一人居りとも
（同）

八田の一本菅は一人でもよいのです。大君さえ良いとおっしゃるなら、一人で居ても。

磐姫の嫉妬で、皇女八田若郎女を宮中に入れることを諦めた仁徳天皇と、皇女とのやりとりです。天皇は皇女を「八田の一本菅」と呼び、独身のまま子も持たずに老いてゆくことを惜しむ。次いで繰り返される「菅」と類音の関係で「清し」が呼び起こされ、清らかなまま生涯を終える皇女を惜しむ言葉となります。一方、皇女は天皇の歌を受け、一本菅である自分は、天皇さえそれでよいとお考えなら、一人で過ごしても本望です、と答える。地名を介した「菅」と女性との重ね合わせが贈答のキーになっています。

そして、雄略の歌の竹が、夫婦の共寝を表象するのだとすれば、『万葉集』の歌、例えば

つのさはふ　石見の海の　言さへく　辛の崎なる　いくりにそ　深海松生ふる　荒磯にそ　玉藻は生ふる　玉藻なす　靡き寝し子を　深海松の　深めて思へど……

（巻二・一三五、柿本人麻呂）

（つのさはふ）石見の海の（言さへく）辛の崎の岩礁に深海松が生えている。荒磯には玉藻が生えている。玉藻のように靡き合って寝たあの子を、深海松のように深く思うが……

なども想起されるでしょう。石見の海で揺らめき、もつれ合う藻の様子が、その地の女との共寝を想起させています。そうした「擬樹法」的な発想は、同じ人麻呂の亡妻挽歌

うつせみと　思ひし時に　取り持ちて　我が二人見し　走り出の　堤に立てる　槻の木の　こちごちの枝の　春の葉の　繁きがごとく　思へりし　妹にはあれど　頼めりし　児らにはあれど……

（巻二・二一〇）

妻がいつまでもこの世の人と思っていた時、取り持って私たち二人で見た、長く延びる堤の上の欅の木のあちこちの枝に春の若葉が茂っているように、若々しく健康に思っていた妻なのだが、頼みに思っていたあの子なのだが……

にも見えます。まるで歌っているうちに植物と人とが合一してゆくような表現は、原始的なアニミズムを感じさせますが、万葉和歌の有力な方法にもなっているのです。

■―― 歌末の「あはれ」

雄略の歌は、「その思ひ妻あはれ」と結ばれます。「あはれ」という語で結ぶのは、やはり記紀歌謡によく見られる形です。「あはれ」は、もともとアアーといった嘆声を表す感動詞ですが、そうした情動を起こさせる事柄を形容する言葉ともなってゆきました。記紀歌謡の「あはれ」は、そうした意味を分化してゆく過程にあるように見受けられます。

やつめさす　出雲建が　佩ける大刀　黒葛多纏き　さ身無しにあはれ

（『古事記』中巻・倭建命）

（やつめさす）出雲建が付けている太刀は、鞘に黒葛がたくさん巻いてあるが、中身が無いのが、ああ御気の毒。

刀を木刀にすりかえられて殺された出雲建（出雲の豪族）を嘲る、倭建命の歌です。

隠り国の　泊瀬の山の　大峡には　幡張り立て　さ小峡には　幡張り立て　大小にし　なかさだめる
思ひ妻あはれ　槻弓の　臥やる臥やりも　梓弓　起てり起てりも　後も取り見る　思ひ妻あはれ

（『古事記』下巻・軽太子）

（こもりくの）泊瀬の山の大きい峰には幡を張り立て、小さい峰にも幡を張り立て、その大小ではないが中（仲）の定まった愛する妻よ、ああ。槻弓のように横になっていても、梓弓のように立っていても、これから後もずっと大切にする愛する妻よ、ああ。

近親相姦を犯して伊予に流された軽太子（第十九代允恭天皇の皇子）が、追ってきた同母妹軽大郎女を迎えた時の歌。「泊瀬の山」は大和ですから「嘱目の序」ではありませんが、序詞から転じて「あはれ」で結ぶ形は、雄略の歌と共通しています。

……玉笥には　飯さへ盛り　玉盌に　水さへ盛り　泣きそぼち行くも　影媛あはれ

（『日本書紀』武烈天皇・影媛）

……美しい器に飯まで盛り、美しい椀に水まで注いで、泣き濡れてゆくよ。影媛は、ああ。

武烈天皇（第二十五代）に恋人、平群鮪を殺され、その遺体を目にして歌った、物部氏の女、影媛の歌と記されています。この前に長い道行きの叙述があり、掲出の部分も含めて葬送の歌のようであり、また自分で「影媛あはれ」と歌っているのも、『日本書紀』の語る状況に合っていないようですが、それは第9講のテーマとしましょう。

しなてる　片岡山に　飯に餓て　臥せる　その田人あはれ　親無しに　汝成りけめや　さす竹の
君はや無き　飯に餓て　臥せる　その田人あはれ

（『日本書紀』推古天皇・聖徳太子）

（しなてる）片岡山で飯に餓えて伏せっておられるその農夫よ、ああ気の毒に。親無しに育ったわけでもなかろうに。（さす竹の）主人は居ないのか。飯に餓えて伏せっておられる農夫よ、ああ気の毒に。

聖徳太子が道に倒れている農夫を憐れんで歌った歌とされています。実はこの農夫は仙人で、葬ったはずの遺体が消えてしまった。太子はそれを予め悟っていた、という伝説を伴っています。

こうした「あはれ」で結ぶ歌い方は、最前の聖徳太子歌謡の和歌化と見られる万葉歌

　家にあらば妹が手まかむ草枕旅に臥(こ)やせるこの旅人(たびと)あはれ　（巻三・四一五）

　家に居たら妻の手を枕にしているだろうに。草を枕に旅先で伏せっておられるこの旅人は、ああ気の毒に。

を介して、母が家に残してきた娘を思う、奈良時代の次の歌にまで及んでいます。

　速川の瀬に居る鳥のよしをなみ思ひてありし我が子はもあはれ　（巻四・七六一、大伴坂上郎女）

　流れの速い川の瀬にいる鳥のように、仕方もなく思いに沈んでいた我が子よ、ああ。

■歌末の指示語

一方、雄略の歌が、末尾の句に「その」という指示語を用いるのも、先の『日本書紀』の聖徳太子の歌と共通していますが、これまた記紀歌謡に多い。前掲の倭建命の「命の全けむ人は」の歌もそうですし、『古事記』で最初に出て来る歌、須佐之男命の

　八雲(やくも)立つ　出雲八重垣(いづもやへかき)　妻籠(ご)みに　八重垣作る　その八重垣を　（『古事記』上巻）

（八雲立つ）出雲の八重に巡らした垣よ。妻を据えるのに八重の垣を作る。その八重の垣よ。

や、瀕死の倭建命が、妻美夜受比売のもとに置いてきた草薙の剣を思い起こす、

嬢子の　床の辺に　我が置きし　つるぎの大刀　その大刀はや

おとめの床の辺りに私が置いた剣の太刀。その太刀よ。　（『古事記』中巻）

などが挙げられます。そして万葉和歌では、やはり先の聖徳太子の歌の他、

たまきはる宇智の大野に馬並めて朝踏ますらむその草深野　（巻一・四、中皇命）

（たまきはる）宇智の大野で馬を並べて天皇が朝、お踏みになる、その草の深い野よ。

み吉野の　耳我の峰に　時なくそ　雪は降りける　間なくそ　雨は降りける　その雪の　時なきがごと
その雨の　間なきがごとく　隈もおちず　思ひつつぞ来し　その山道を　（巻一・二五、天武天皇）

み吉野の耳我の峰に時を定めず雪は降り続いていた。合間も無く雨は降り続いていた。その雪が時を定めないように、その雨が合間の無いように、曲がり角ごとに、思いに耽りながらたどったことだ、その山道を。

など、「初期万葉」の歌々に見えます。指示語によって対象を特に指し示すことによって、歌い手の強い感動がその対象に向けられていることが表現されるのでしょう。

そして感動詞「あはれ」と指示語の併用は、順序が替わっていますが、

名児の海を朝漕ぎ来れば海中に鹿子そ鳴くなるあはれその鹿子 (巻七・一四一七)

名児の海を朝漕いで来ると海中に鹿の子の鳴くのが聞こえる。ああ、その鹿の子よ。

かき霧らし雨の降る夜をほととぎす鳴きて行くなりあはれその鳥 (巻九・一七五六、高橋虫麻呂歌集)

霧のように雨が降る夜なのに、時鳥が鳴きながら飛びゆくのが聞こえる、ああその鳥よ。

など、奈良時代と思われる歌々にも見られます。

■——歌謡の文体

雄略の歌の後には、「即ち此の歌を持たしめて、使を返しき」とあります。「持たしめて」というと、紙に書いたものを使者に持たせたようですが、そうではないでしょう。小学館新編日本古典文学全集に、歌に対しては、送る・献る・作るなど、一般に有形の物を対象とする動詞が使われており、ここだけを特別視する必要は無い、と注する通りです。使いは口頭で言葉を伝えるのが本来で、ここも歌を使者が若日下部王の前で歌って聞かせたのでしょう。

その歌は、主たる聞き手若日下部王に対して——しかし使者を含め、天皇及び王の周囲の者もそれを聞くのですが——自己の心情を伝えるものになっています。しかしそれは、単に恋情を言いたてるのではありません。自分の今居る日下山の樫の木から歌い起こし、そこに生える竹の絡み合いに、未遂に終わった、そし

て将来は必ず実現するはずの二人の共寝の姿を想い、最後は相手を「その思ひ妻」と呼び出して、「あはれ」と詠嘆します。

呪的な発想や、変転してゆく文脈は、次々に繰り出されてゆく言葉一つ一つに、聞き手を集中させる仕掛けのように思われます。そして情動の対象の指示（指示語）や、情動そのものの直截な提示（感動詞）は、そこが帰着点であることを強力に感じさせます。節に乗せられた言葉を順に聞いてゆく者に、どう展開し、どうまとめるのか、わくわくさせるような表現が、歌謡の生命だったのではないでしょうか。

古代歌謡に緩やかに共有される、そうした様式を、歌謡なりの文体と呼びたいと思います。それは万葉和歌にも引き継がれていますが、定型和歌に見られる類句が、はっきりした言葉遣いで明確な主題を表現するのとは、むしろ対照的です（和歌の主題性については、参照、内田賢徳『万葉の知』塙書房、一九九二）。それは、不定形で、歌われる場を共有する者皆を受容者とする歌謡に相応しいあり方だと言えるでしょう。

第2講 紫式部の孤心
――『紫式部日記』を読む

藤原克己

『源氏物語』は、平安朝貴族社会の豊かな文化的共同性に育まれながらも、その共同性に埋没しえなかった紫式部の孤心から生まれた。
その孤心を他者にも投影し、
他者と共感共苦してゆく精神のはたらきを虚構世界に転化することで、作家自身が所属する特定の時代・社会を超えた広やかな共同性の地平を開いてゆくことができたのだ。

師走の二十九日に参る。初めて（宮中に）参りしも今宵の事ぞかし。いみじくも夢路に惑はれしかな、と思ひ出づれば、こよなくたち馴れにけるも、うとましの身の程や、と覚ゆ。夜いたう深けにけり。（中宮は）御物忌におはしましければ、御前にも参らず、心細くてうち臥したるに、前なる人々の「内裏わたりは、猶いとけはひ異なりけり。里にては、今は寝なましものを。さも寝敏き沓の繁さかな」と色めかしく言ひゐたるを聞く。

　年暮れてわが世ふけゆく風の音に心の内のすさまじきかな

とぞひとりごたれし。（一八四―一八五頁）

※『紫式部日記』『源氏物語』等の引用にはすべて小学館・新編日本古典文学全集の該当する頁数を付記するが、表記は私に改めている。

（しばらく里下がりしていた私は）十二月二十九日にまた内裏に帰参した。私が（中宮彰子様にお仕えすることになって）初めて参内したのも、（二年前の）十二月二十九日の夜のことだった。あの時は、もうまったく夢路をさまよっているような心地だったと思い出すと、今ではもうすっかり宮仕えに馴れきってしまっている自分の有様、我ながらつくづく厭わしい境涯だと思われる。夜もたいそう深けて来た。中宮様は御物忌に籠っておいでなので、私は中宮様の御前には参らず、自分の局に何となく心細いような思いで少し横になっていると、女房たちが「やっぱり宮中は違うわね。実家にいたら、今頃はもうとっくに寝てることでしょうに、こんな夜遅くまで耳について寝付けないような沓音の繁さですこと」と何か心をときめかしているように言っている。それを聞いて、

　今年も私の人生も暮れてゆくこの夜深け、心の内にまで荒涼とした風が吹きすさんでいるように感じられる。

と独り言に歌の詠まれたことだった。

右は、『紫式部日記』寛弘五年（一〇〇八）十二月二十九日の記述です。紫式部の初出仕は寛弘三年であったと推定されています。『紫式部集』に「初めて内裏わたりを見るに、もののあはれなれば」と詞書された「身の憂さは心の内にしたひ来ていま九重ぞ思ひ乱るる」という歌があります。「したひ来て」は付き従って来ての意。「九重」は宮中と幾重にもの意の掛詞。この歌を詠んだ初出仕の当時を「いみじくも夢路に惑はれしかな」と思い出すと、今の自分は宮仕えに「こよなくたち馴れ」てしまったものだ、と思う。「こよなし」は本居宣長が、「此言は、必ず他に対へて比ぶる事のある時につかふ言にて、……比べていたく変はれる意也」（『源氏物語玉の小櫛』）と言っているとおりで、ここも、あの当時と比べて宮仕えにすっかり馴れきってしまったことだと言っているのですが、そういう自分を「うとましの身の程」と思いつつ、同僚の女房が、おそらく愛人のもとを訪れるのであろう男たちの沓音に「やっぱり宮中は違うわね」などと、何か心をときめかしているように言っているのを聞いて、独り荒涼としたおのれの心を見つめています。紫式部の、宮仕えという環境に同化できない孤心のありようが、くっきりと彫り込まれた一節と言えましょう。

■――うたげと孤心

いま、紫式部の「孤心」と言いましたが、この言葉は、先年亡くなられた大岡信氏の『うたげと孤心』という書名から拝借しました。これは、一九七八年に集英社から刊行された日本の古典詩歌に関するエッセイ集で、つい最近、岩波文庫にも収められました。日本の古代・中世の和歌や漢詩は、文字通りの「うたげ」＝宴で詠まれたものも多いのですが、大岡氏は同書の「序にかえて」で、《「うたげ」という言葉は、掌を拍上げること、酒宴の際に手をたたくことだと辞書は言う。笑いの共有、心の感合。二人以上の人々が団欒して生みだすものが「うたげ」である。私はこの言葉を、酒宴の場から文芸創造の場へ移して、日本文学の中に認められる独特な詩歌創作のあり方、批評のあり方について考えてみようと思った》とのべています。たしかに、歌合や連歌・俳諧などをも視野に入れてみると、古代から近世に至るまで、日本の文芸創造の契機として、大岡氏の言われるような意味での「うたげ」的なものが、大きく深く関与していたことは容易に想像されましょう。が、大岡氏はさらに次のように言われたのでした。

けれども、事はそれだけで終るものではない。みんなで仲良く手をうちあっているうちにすばらしい作品が続々と誕生するなら、こんなに気楽な話はない。事実はどうか。日本詩歌史上に傑作を残してきた人々の仕事を検討してみると、そこには「うたげ」の要素と緊密に結びついて、もう一つの相反する要素が、必ず見出されるということに私は気づいた。すなわち「孤心」。

孤心のない人にはいい作品は作れないということは、近代文学についてのみならず、古典文学についても言いうることだった。

そして氏は、このエッセイ集の最初に置かれた「歌と物語と批評」の中で紫式部にふれ、《『源氏物語』の意味とは、こういう「うたげ」の世界の歓楽そのものを、その中に生きつつ同時に超越して見つめることのできる生き生きと孤独な眼が、紫式部という一人の女性において存在しえたという事実に大きくかかっているだろう》と推論しています。この推論を引き継いで、「うたげ」を〈共同性〉に置き換えれば、今日、私がお話ししようとしていることは、次のように要約できるでしょう。

『源氏物語』は、平安朝貴族社会の豊かな文化的共同性に育(はぐく)まれながらも、その共同性に埋没しえなかつた紫式部の孤心から生まれた。

■――公的な記録と私的な感懐と

紫式部は、藤原道長の娘で一条天皇の中宮であった彰子に、女房として仕えていました。彰子は、寛弘五年（一〇〇八）九月十一日、一条天皇の皇子敦成親王（のちの後一条天皇）を出産しますが、その二カ月前の七月十六日、宮中から父道長の土御門邸（現在の京都御苑の一画を占めるあたりにありました）に退出していました。旧暦七月は秋の初めの月ですが、現存の『紫式部日記』はそれからさらに秋が深まり、いよいよ彰子の出産が近づいている、という時点から始まっています。「現存の」と言いましたのは、こんにちに伝わっている『紫式部日記』は、本来あったその首部が欠落しているものだという説もあるからですが、ともかくまずは現存本の冒頭部分を読んでみましょう。

秋のけはひ入りたつままに、土御門殿の有様、いはむかたなくをかし。池のわたりの梢ども、遣水のほとりの草むら、おのがじし色づきわたりつつ、大方の空も艶なるにもてはやされて、（安産祈願の）不断の御読経の声々、あはれまさりけり。やうやう涼しき風のけはひに、例の絶えせぬ水（遣水）の音なひ、夜もすがら（御読経の声に）聞き紛はさる。（一二三頁）

秋のけはいが深まってゆくにつれて、土御門邸内の有様は言いようもなく趣深くなってゆく。池の周りの木々の梢も遣水のほとりの叢もそれぞれに色づきわたり、（土御門邸内だけのものではない）大方の空の景色もしっとりと秋めいてきたのに引き立てられるように、中宮の安産を祈願する僧侶たちの読経の声もいっそう深く心にしみてくる。ようやく涼しくなってきた風のけはいに、いつも絶えることのない遣水の音と夜通しの読経の声とが、一つに混じって聞こえる。

とても美しい文章だと思います。ことに「大方の空も艶なるに……」――しっとりと秋めいてきた空の景色に（原文の「艶」は、今の私たちがこの字面から連想するような華やかな感じではありません）、中宮の安産を祈願する僧侶たちの読経の声もいっそう深く心にしみてくる、という一文は印象的です。空の景色という視覚と読経の声という聴覚とが、一種共感覚的に感受されているからです。

この冒頭段落は、「艶」を「をかし」とするなどの小異はありますが、ほぼそのまま『栄花物語』巻八「はつはな」に取られています。ちなみにこの「はつはな」という巻名は、敦成親王の誕生を道長の「栄花の初花」とみなすことに由来するものですが、親王の誕生とそれに続く産養（うぶやしない）や五十日（いか）の祝いなどの土御門邸で行われた祝賀の諸行事に関しては、『栄花物語』は『紫式部日記』の叙述を大きく取り込んでいます。ですから『紫式部日記』の成立には、主家（道長家）の慶事を記録するという目的が大きく関与していたものと推定されます。しかしながら現存の日記には、そのような公的な記録にはふさわしくない、あるいは無用な、紫式部自身のきわめて私的な感懐が、時に微妙な表現で、また時に長大な随想や消息文のかたちで、織り込まれています。そこでこの日記の成立についてはさまざまな議論があるのですが、この講義の主題からはそれますので、ここでは立ち入りません。

紫式部の自己凝視

右の冒頭段落に続く第二段落を読んでみましょう。

（中宮の）御前（おまへ）にも、近うさぶらふ人々はかなき物語するを聞こしめしつつ、なやましうおはしますべかめるを、さりげなくもて隠（かく）させたまへる御有様などの、いとさらなることなれど、憂き世のなぐさめには、かかる御前をこそたづね参るべかりけれと、現（うつ）し心をばひきたがへ、たとしへなくよろづ忘らるるも、かつはあやし。（一二三頁）

身重（みおも）な体の苦しさをさりげなく隠して女房たちの話に耳を傾けている中宮の人柄のすばらしさに、いまさら言うまでもないことだが、このようなお方にお仕えすることこそ憂き世の慰めだ、と紫式部は感動しています。が、傍線部に見られるように、そのように感動している自分自身を彼女は一方で訝（いぶか）しんでいます。「現し心」すなわち平生の自分の心とは打って変わって、日頃のさまざまな物思いをすっかり忘れ去ったようになっているのは、一方では（「かつは」）奇妙なことだ（「あやし」）と。何らかの事象に心動かされるたびに、その思考は反転して自分自身のあり方を省察することになるという、紫式部の痼癖（こへき）とも言えるような思考のあり方が、ここにすでに典型的にあらわれています。そしてそのような思考こそ、まさに大岡氏が言われた《「うたげ」の世界の歓楽そのものを、その中に生きつつ同時に超越して見つめることのできる孤独な眼》の働きなのだと言ってよいでしょう。

もう少し補足的に述べておきましょう。右の傍線部は、「私のように思い煩うことをいっぱい抱えている者でも、中宮様を拝見していると、我ながらふしぎなほど物思いを忘れてしまう」というくらいの意味に取れば、まったく中宮讃美に終始した文章と解することもできます。しかしながら、はじめに引用した「師走の二十九日に参る」の一節でも見ましたように、紫式部は、宮仕えすることになった身の憂さを託つ一方で、自分の心がしだいに宮仕えに順応して変わってゆくことをも嘆きつつ凝視しています。この「かつはあやし」にも、そのような自己凝視の眼の動きが感じられるのです。なお、この一節は『栄花物語』には取られていません。

■―日記と物語をつなぐもの

次に、男皇子誕生に喜ぶ人々のさまを叙した個所を読んでみましょう。

……人々の御けしきども、心地よげなり。心のうちに思ふことあらむ人も、ただ今は、まぎれぬべき世のけはひなるうちにも、宮の大夫（藤原斉信）、ことさらにも笑みほこりたまはねど、人よりまさるうれしさの、おのづから色に出づるぞことわりなる。（一三七頁）

すべての人々が嬉しそうにしているという一文と、まして「宮の大夫」すなわち中宮に関する事務を管掌する中宮職の長官である藤原斉信が、中宮の男皇子出産をことのほか喜んでいるのは当然だという叙述との間に挿まれた傍線部に注意したいのです。たとい心の内に物思いを抱えている人がいても、今はその物思いも紛れてしまいそうなほど邸内は歓びに溢れている、というこの挿入句は、ただちに『源氏物語』若菜上巻の一節を想起させます。四十歳になった光源氏に降嫁した若き内親王の女三の宮は、のちに柏木という青年と不義を犯すことになりますが、そのような過ちが起きたのも、女三の宮付きの女房たちの風儀がよろしくなかったからなのだと伏線を張っているような個所があります。そこに、次のような叙述があるのです。

（女三の宮付きの）女房なども、大人大人しきは少なく、若やかなる美貌人のひたぶるにうち華やぎ、戯ればめるはいと多く数知らぬまで集さぶらひつつ、もの思ひなげなる御あたりとはいひながら、何ごとものどやかに心しづめたるは、心のうちのあらはにしも見えぬわざなれば、身に人知れぬ思ひ添ひたらむも、またまことに心地ゆきげに、滞りなかるべきにしうち交じれば、かたへの人にひかれつつ、同じけはひもてなしになだらかなるを……

（④一三三―一三四頁）

傍線部に注意しましょう。何事にも穏やかに応対しつけている人は、心の内には物思いを抱えていたとしても、周囲のいかにも屈託なげな雰囲気に合わせているから、外からうかがうことはできないのだ、という。先に述べたような文脈からすれば、ここは女三の宮方の女房たちには若くて軽薄な者が多いということだけ言えばよいので、この傍線部は不要なのです。しかしこの作家は、女三の宮付きの女房たちをただ軽薄な者たちの集団として一括して済ませることはできない。この中にも人知れぬ物思いを抱えている者は必ずいるのだと言わずにはいられない。紫式部その人も、周囲に合わせて「なだらかに」角が立たないように振舞っていたことが日記から知られるところですから、もし若菜巻が宮仕え以後に書かれたのだとすれば、右の傍線部以下は、作家自身の処世の苦渋をにじませてもいるということになりましょう。しかしながら、何よりもだいじなことは、紫式部が、外からは一見はなやかに楽しげに見える集団にも、その中の一人一人の心の内を窺えば、必ず人知れぬ物思いを抱えている者はいるのだと考えていること、そしてそのような者の内面に思いをはせようとしていること。——ここに私は、紫式部という孤心を抱えた作家が、その孤心を他者にも投影し他者と共感共苦してゆく精神のはたらきを、虚構世界に転化することで、作家自身が所属する特定の時代・社会を超えた広やかな共同性の地平を開いてゆくことができた、という機制を見定めたいのです。

■——宮仕えを厭う心

紫式部もまた人知れぬ物思いを抱えていたことは、日記の端々に吐露されているところですが、いったい彼女が何を思い煩っていたのかは定かではありません。ただ、宮仕えを厭う気持ちと、しかもいつの間にか宮仕え女房の気質に染まって自分が変わってゆくことを嘆く気持ちとが、その憂愁の基調をなしていたことだけは確かです。

宮仕えを厭うていた紫式部とは対照的に、清少納言が宮仕えを積極的に肯定していたことを物語る『枕草子』の次の一節は、よく引用されるものです。

> 生(お)ひ先なく、まめやかに、えせ幸(さいは)ひなど見てゐたらむ人は、いぶせく、あなづらはしく思ひやられて、なほ、さりぬべからむ人のむすめなどは、(宮中に)さしまじらはせ、世の有様も見せならはさまほしう、内侍(ないし)のすけなどにてしばしもあらせばや、とこそおぼゆれ。宮仕へする人を、あはあはしう、わるきことに言ひ思ひたる男(をとこ)などこそ、いと憎けれ。（五六—五七頁）

宮仕えなどせず、いわば「専業主婦」として生きる「まめやか」な生活を清少納言は、先の見えた、しみったれた幸福に甘んじているだけだと一刀両断しています。ある程度の家の娘には、やはり宮仕えをさせて見聞を広めさせたいものだ。宮仕えする女を、軽薄なあばずれのように決めつけている世の男たちは、本当に憎らしい！

しかし、宮仕えすることを奥ゆかしからぬ生き方と考えていたのは、男たちだけではありませんでした。寛弘五年の十一月、紫式部は土御門邸を退出して、数日間「里」（実家）に帰っていました。その折の日記の一節、いわゆる「里居の記」の部分に以下のようなことが書かれています。かつて長年この古里でつれづれな日々を送っていた時は、行く末を心細くは思いながらも、友人たちと物語について語り合い、あるいは手紙を交わしたりしてつれづれをも慰めていた（この「物語」の中には、あるいは創作途中の『源氏物語』も含まれていたのかもしれません）。もとより自分など「世にあるべき人数」とも思っていなかったけれど、差し当たって恥かしい、つらいと思い知るようなことは無かったのに、宮仕えをして、わが「身の憂さ」がつくづく思い知らされたことだ。かつて共感深く語り合った友人たちも、宮仕えした私をいかに「面無く（恥知らずで）心浅き者」と軽蔑しているだろう。また「心にくからむと思ひたる人」（奥ゆかしく生きたいと思っている人）は、宮仕えしているような者に手紙を送ったら、粗略に扱われて他見に及ぶこともありはすまいかと危惧することだろう。まして私の心の内を深く推し量ってもらうことなど望むべくもないと思うと、こちらから便りをする気にもなれないし、それに宮仕えしてからは私の居場所が定まらなくなったので、訪ねて来てくれる人も無くなってしまった、とこのように書いてきて、「あらぬ世に来たる心地ぞ、ここにてしもうちまさり、ものあはれなりける」と言っています（一六九—一七〇頁）。「あらぬ世」——見知らぬ世界、自分の居場所ではない所に来てしまったような心地が、この古里に居てかえってつのった、ということは当然、宮仕えしている時にも「あらぬ世」に居るような心地を感じ続けていたということでしょう。

■——世に従う心

ところが今は、宮仕えの同僚女房たちの中でもおのずから親しくこまやかに語らうようになった人たち、とりわけ大納言の君の「夜々(よるよる)は(中宮の)御前にいと近う臥したまひつつ、物語したまひしけはひの恋しきも、なほ世にしたがひぬる心か」として、大納言の君と詠み交わした贈答歌を次のように書き留めています。

うき寝(ね)せし水の上のみ恋しくて鴨(かも)の上毛(うはげ)に冴えぞおとらぬ

あなたと「うき寝」を共にした水の上(中宮の御前)が恋しくて、古里で一人過ごす霜夜の冷たさは、鴨の上毛にも劣りません。

かへし

うち払ふ友なきころの寝覚(ねざめ)にはつがひし鴛鴦(をし)ぞ夜半(よは)に恋しき

羽に置く霜を払ってくれる——私を慰めてくれる友のいない夜ふけの寝覚には、鴛鴦のようにいつも一緒に過ごしたあなたが恋しいことです。

書きざまなどさへいとをかしきを、まほ(何もかも整った様子)にもおはする人かなと見る。(一七一頁)

「うき寝」には「浮き」と「憂き」が掛けられていますが、「浮く」という動詞は、しばしば根無し草(デラシネ)のような存在の不安を表現するのに用いられた言葉です。そのような「うき寝」をした水の上が恋しくなるとは！　まさに「世にしたがひぬる心か」――世の中に順応して心が変わってしまったのかと、式部はおのが心を凝視しています。

この「世にしたがふ」の「世」を、身の上、境遇の意の「身」に置き換えて、右の「里居の記」に縷々綴られたところを端的に集約したような歌が、その家集『紫式部集』にありますので、掲出しておきましょう。

身を思はずなりと嘆くことの、やうやうなのめにひたぶるのさまなるを思ひける

数ならぬ心に身をばまかせねど身にしたがふは心なりけり

詞書はやや難解ですが、こんな境涯を生きることになろうとは、と一途に身の不遇を嘆いていたのが、段々それほどでもなくなってきているのを思って、ということでしょう。歌意は明快で、こんな取るに足らない私のような者でも、心のままの境遇に生きることはできない、逆に境遇に順応して心のほうが変わってゆくのだ、というのです。

■――他者に開かれた孤心

しかしながら、何よりもたいせつなことは、紫式部の孤心はけっして頑なに閉ざされていたものだったのではく、他者に対して開かれていたということです。私たちはすでに日記の中の「里居の記」で、宮仕え前の式部が物語を愛好する友達と熱心に語り合い、文通し、また宮仕え後も、大納言の君のように心許せる同僚女房と真率な歌のやりとりをしていたことを見ましたが、その孤心は、彼女の所属する貴族社会をも超

図１　鳳輦と駕輿丁（年中行事絵巻 朝覲行幸）

えて、他者に開かれていたのでした。寛弘五年十月十六日、一条天皇は生後一カ月余りの敦成親王を見るために土御門邸に行幸しました。その行幸の様子も『紫式部日記』には詳しく記録されていますが、その中で式部は、天皇の乗った鳳輦という輿を担ぐ駕輿丁に目を留めています。

（鳳輦を寝殿に）寄するを見れば、駕輿丁のさる身の程ながら、階よりのぼりて、いと苦しげにうつぶしふせる、（私と）何の異ごとなる、高きまじらひも、身の程かぎりあるに、（彼らも私も）いと安げなしかし、と見る。

（一五三―一五四頁）

寝殿の階段を昇る際、鳳輦を水平に保つために、前方の駕輿丁は輿の轅を担いだまま階段に這いつくばるのですが、その様子をとても苦しそうだと見つつ式部は、分不相応に高貴なあたりに交わって安げなき思いをしている点では、彼らも自分も同じことだと思っています。

このような紫式部の目と心の動きは、対象は人間ではないのですけれども、この行幸の直前、水鳥を見て歌を詠む所にも共通しています。

いかで、今はなほ物忘れしなむ、思ひがひもなし、罪も深かなり、など、明けたてばうちながめて、水鳥どもの思ふことなげに遊びあへるを見る。

水鳥を水の上とやよそに見むわれも浮きたる世を過ぐしつつ
かれも、さこそ心をやりて遊ぶと見ゆれど、身はいと苦しかんなりと思ひよそへらる。

（一五一―一五二頁）

今はどうかして物思いを忘れたい、思ってもかいがないし、それに物思うこと（現世に執着すること）は往生の罪障になるという、などと思いながらも、夜が明ければ物思いにふけりつつ庭をながめ、水鳥たちの思うことなげに遊んでいるのを見る。私だって、思えば「浮きたる世」を過ごしているのに。しかし、水の上に浮かんでいる彼らをよそごとのように見ておれようか。それに、さも気ままに遊んでいるように見えるけれども、水鳥たちだってその身は苦しいのであろう。――「浮く」という動詞が、根無し草（デラシネ）のような存在の不安を表現する言葉だということは先にものべましたが、駕輿丁や水鳥を見てのこうした思念の叙述は、『源氏物語』宇治十帖開巻・橋姫巻で、薫が宇治川の川面を行き交う柴舟（しばぶね）を見ながら物思いにふける次のような一節をも想起させます。

あやしき舟どもに柴（しば）刈り積み、おのおの何となき世の営みどもに行き交ふさまどもの、はかなき水の上に浮かびたる、誰も思へば同じごとなる世の常なさなり。我は浮かばず、玉の台（うてな）に静けき身と思ふべき世かは、と思ひ続けらる。

（⑤一四九頁）

里人たちが、粗末で小さな舟に刈り集めた柴を積んで広々とした川面を行き交っているのは、何とはかなげな生活の営みであろう、しかし、思えば誰しもが不安定で無常な世を生きているのだ、自分はあんなふうに水の上に浮かんでなどいない、どっしりした寝殿造りの家に暮らす安泰な身の上だなどと思うことができようか……、というのです。

■人間的連帯の希求

さて、最後に寛弘五年十一月二十二日条、五節の童女御覧の叙述を読んでおきましょう。五節は十一月の新嘗祭・大嘗祭の前後の丑・寅・卯・辰の日に行われた行事で、公卿分・受領分と割り当てられた家々から舞姫や付き添いの童女が差し出されるのですが、卯の日には、天皇が童女たちを清涼殿に召す童女御覧の儀がありました。

> (童女たちが)歩み並びつつ出で来たるは、あいなく胸つぶれて、いとほしくこそあれ。……われもわれもと、さばかり人の思ひてさし出でたることとなればにや、目移りつつ、劣りまさり、けざやかにも見え分かず。いまめかしき人の目にこそ、ふとものけぢめも見とるべかめれ、ただ、かくくもりなき昼中に、扇もはかばかしくも持たせず、そこらの公達の立ちまじりたるに、さてもありぬべき身の程、心もちゐといひながら、人に劣らじとあらそふ心地もいかに臆すらむと、あいなくかたはらいたきぞ、かたくなしきや。
>
> (一七八頁)

童女たちが衆人環視の中に歩み出て来たのを見たとたん、私まで胸がつまるほど可哀想になる。それぞれの家が善美を尽くして出だし立てているのだから、私などには優劣の区別もつかない。「いまめかしき人」

なら即座に優劣が分かるのだろうけれど……。こんな昼日中に顔を隠す扇もなく、多くの公達も立ちまじっている所に出て来て、どれほど気おくれしていることかと思いやると、何だか我が事のようにいたたまれなくなるのも、まったく愚かしいことだ。——かつて秋山虔氏はこの文章を引いて次のように述べました。

思うに簡単なことは、時代の流行によりかかってものを見、論じ、裁定することであろう。時代の流行に埋没しておれば、もはや物事を認識しようとする努力は要しないのであるが、じつはそうした姿勢ともっとも縁遠いのが紫式部のそれにほかならなかった。（中略）「いまめかしき人」とともにあることができないことは、式部にとって人間的な連帯性への内的な志向のはげしさと表裏するものであるからである。いわば、彼女は「いまめかしき人」から自己を自覚的に疎外することによって、じつは全人的でありうる。ということは、人間的であることから疎外されたものは、ほんとうは式部ではなくして「いまめかしき人」たちにほかならなかったということになる。

（『源氏物語の世界』〔東京大学出版会、一九六四年〕所収「紫式部の思考と文体」、傍線藤原）

紫式部の孤心は、「人間的な連帯性への内的な志向のはげしさ」を秘めていました。それが、虚構の物語において、特定の時代社会を超えて読者が共感することのできる広やかな共同性の地平を切り拓くことを可能にしたのだと思います。

〔補足〕

私の『紫式部日記』の読み方は、こんにちの日記研究の先端的な関心のあり方からすると、いささか古いと言われそうなものかもしれません。そこで、平安朝日記文学全般に関する研究の現況について、次の二点の参考文献を紹介しておきたいと思います。

○吉野瑞恵『王朝文学の生成『源氏物語』の発想・「日記文学」の形態』(笠間書院、二〇一一年)の第四編「「日記文学」という文学形態」

○吉野瑞恵「女性が書くとき――日記文学研究の現況と課題」(『国語と国文学』二〇一八年五月)

吉野氏によれば、平安朝の女性作家たちが書いた仮名日記が、「日記文学」として平安朝文学研究の重要な一角を占めるようになったのは、だいたい昭和にはいってからで、その際、「自照」という言葉がキーワードになっていたといいます。つまり、「自らと対話する孤独な営み」という近代的な日記の概念が投影されることで、「文学」作品としての日記の読みは深まったけれども、個々の日記それぞれに読者を想定して伝えようとしていたメッセージがあったことが看過されてきた、というのです。

『紫式部日記』で言えば、その執筆には中宮彰子の敦成親王出産、産養、一条天皇の土御門邸行幸といった慶事を記録するという公的な目的があったと思われますが、現存の日記には、そのような公的な記録としてはふさわしくない、あるいは無用な、紫式部自身のきわめて私的な感懐が随所に織り込まれています。そのような日記の様相について、近時山本淳子氏は『紫式部日記と王朝貴族社会』(和泉書院、二〇一六年)で、上記のような公的な目的に沿って書かれた献上本がまず書かれ、それに式部の私的感懐や教訓を織り込んでいった私家本が、やはり宮廷女房として生きることになった娘の賢子(大弐の三位)のために書かれた、という仮説を提示されました。この説は、現在多くの支持を集めているようですが、私としてはみなさんに、近年のこのような日記研究の動向をふまえつつも、やはり本講の最後に引いた秋山虔氏の「紫式部の思考と文体」を読んでほしいと思います。また、増田繁夫氏の『評伝紫式部 世俗執着と出家願望』（和泉書院、二〇一四年）もあわせて参照されることをおすすめします。増田氏は同書の第二章「紫式部の女房生活」、第三章「平安中期の女官・女房の制度」、第四章「紫式部の同僚女房たちとの生活」といった章で、紫式部の生きた宮廷女房としての生活や人間関係を具体的に再現しながら、日記に綴られたその思念をこまやかに読み解いています。

第3講

作者は一人か

——和歌や物語の制作の場

高木和子

平安時代の和歌や物語は、必ずしも個の産物ではなく、時には集団の産物であった。求婚歌に対する返歌がしばしば家族や女房によって代作されるように、建前上の作者と実際の作者が異なる場合は少なくない。物語も同様で、『伊勢物語』について複数の作者による段階的な成立が想定されるように、平安時代の長編物語も単独の個の営為と考えるのはやや早計である。『源氏物語』もまた、既存の短編を貪婪(どんらん)に吸収しつつ、次第に長編に成長したと考えられる。

今回は、平安時代の物語や和歌が個の産物とは限らず、しばしば集団の産物であり、共同制作的であったことについて、考えてみたいと思います。

まずはじめに、和歌の制作が個人の産物でないことが物語展開に生かされている事例を見てみましょう。

『源氏物語』末摘花巻では、光源氏は大輔命婦から常陸宮の姫君のことを聞いて求愛の文を贈り続けます。まるで返事がないことに苛立つものの、軽々な返事をもらうよりは高貴な身分にふさわしく奥ゆかしくてよい、と自らを慰めて、ついに姫君に対面します。（古文の本文は小学館新編日本古典文学全集によったが、一部表記を改めた。以下同様）

「いくそたび君がしじまに負けぬらんものな言ひそといはぬたのみに

のたまひも棄ててよかし。玉だすき苦し」とのたまふ。女君の御乳母子、侍従とて、はやりかなる若人、いと心もとなうかたはらいたしと思ひて、さし寄りて聞こゆ。

鐘つきてとぢめむことはさすがにてこたへまうきぞかつはあやなき

いと若びたる声の、ことに重りかならぬを、人づてにはあらぬやうに聞こえなせば、ほどよりはあまえてと聞きたまへど、めづらしきが、なかなか口ふたがるわざかな。

（①二八三頁）

「幾度あなたの沈黙に負けてしまっているのだろう、ものを言うなとは仰らないのを頼りにして

嫌なら嫌だと仰って、見捨ててくださいよ。中途半端なのが苦しい」と仰る。女君の乳母子の侍従と言って、軽薄な若い女が、たいそう頼りなくて見ていられないと思って、差し出がましく寄ってきて申し上

げる。

鐘をついて事を終わりにすることは、そうはいってもやはり難しくて、さりとて答えるのもまたつらいというのが、我ながら不思議なことです

たいそう若々しい声で、格別重厚さもないのに、人伝てのお答えでもないようにわざと言ったものだから、身分よりは甘えた感じだなと光源氏はお聞きになるけれど、稀なお返事にかえって答えに窮することだよ。

御簾越しに対面した光源氏は、装束に焚き染められた香に心惹かれ、馴れた口調で口説きます。ところが姫君はいっこうに応じる気配もありません。見るに見かねた乳母子の侍従が、代わりに応じるものの、「人づてにはあらぬやうに聞こえなせば」と姫君当人のふりをしたことから、光源氏は「ほどよりはあまえて」と、身分の割には馴れ馴れしいと不審を抱きながらも、ようやく返歌を得られた嬉しさに末摘花に接近してしまいます。

この場合、この返歌は誰の歌なのでしょうか。光源氏が末摘花に歌いかけた贈歌に対する返歌ですから、実際の制作者は侍従だとしても、形の上では末摘花の歌ということになります。すなわち、歌の実際の制作者と、建前上の作者は同一ではないのです。

求婚当初の女君の側からの返歌は、しばしば代作でした。女君のごく身近な人物、多くは母親か乳母、側近の女房といった者たちが代作するのです。ここでの侍従は乳母子で——主君の養育係である乳母の子供という意味であって、必ずしも主君と同年齢ではないとされますが——、主君に最も身近に仕える側近といえましょう。すなわち「姫君」とは一個の人間ではなく、その周辺の親族や女房たちを含んだ集団、それが「姫君」の正体なのです。

光源氏はそのまま姫君と関係を結びますが、満足のいくものではなかったようです。後朝（きぬぎぬ）の文は、逢瀬の翌朝なるべく早く届けるのが礼儀で、とりわけ結婚当初のそれは儀礼的な意味でも重要なものであるにもかかわらず、この時は翌日の夕方でした。

「夕霧のはるる気色もまだ見ぬにいぶせさそふる宵の雨かな
雲間待ち出でむほど、いかに心もとなう」とあり。

　「夕霧の晴れる気配もまだ見えないうちに、鬱陶しさを加える夕暮れの雨だよ
雲の晴れ間を待って出かけようと待つ間が、なんとも頼りにならなくて」とあった。

（①二八六頁）

光源氏は「いぶせさそふる宵の雨」と、そうでなくても億劫なのに雨まで降って、と今夜は訪問する気持ちがないことを匂わせます。結婚当初の三日間は続けて通うのが正式な結婚となるための儀礼でしたから、「おはしますまじき御気色を人々胸つぶれて」と、二日目の夜の訪問がないらしいと知って、末摘花の女房達が動転したのも当然です。末摘花は、またもや「侍従ぞ例の教へきこゆる」と、乳母子の侍従に教えられて返歌を記します。

晴れぬ夜の月まつ里をおもひやれおなじ心にながめせずとも

　晴れない夜の月を待つ里を想像してください、同じように物思いにふけることはなくても

（①二八七頁）

「月まつ里をおもひやれ」とは、光源氏の訪問を待っている自分のことを想像してほしいと訴えています

から、歌徳説話にしばしば見られるように、和歌を詠みかけることで男の訪問を促すための歌です。しかし、末摘花の手紙は「紫の紙の年経にければ灰おくれ古めいたるに、手はさすがに文字強う、中さだの筋にて、上下(かみしも)ひとしく書いたまへり」と、紫という高貴な色目ながらも古びた紙に、力強い筆跡できちんと書いてあるもので、はかなげな散らし書きの文に風情を見出した当時の美意識からは程遠いものでした。光源氏は姫君の直筆を知って落胆しますが、まだ返歌の本当の作者が侍従であったことまでは気づいていません。

その後、光源氏が訪問した雪の日は侍従は折悪しく不在で、光源氏が末摘花の驚くべき容貌を見てしまいます。立ち去り際に歌を贈ると、末摘花はただ、「むむ」と笑うだけで返歌できません。さらに年末には、無粋な風情の和歌と装束が届けられます。

唐衣君が心のつらければ袂(たもと)はかくぞそぼちつつのみ　（①二九九頁）

唐衣、あなたの心が恨めしいので、袖の袂はこのように涙で濡れてばかりです

年末に新春の装束を妻から夫に差し入れた体でしたが、古びて艶もない装束もさることながら、光源氏は和歌の詠みぶりに、「さても、あさましの口つきや、これこそは手づからの御事の限りなめれ、侍従こそとり直すべかめれ、また筆のしりとる博士なかべきと、言ふかひなく思す」（①二九九頁）と、なんともあきれたよ、これこそがご自身のご力量の限界のようだ、これまでは侍従が直していたのだ、ほかに添削できる気の利いた者はいないのだなと、ようやく光源氏は、今までの歌が当人の作でなかったことに気づくのです。

ここまで、(1)逢瀬直前の返歌は、侍従が代作して侍従が声に出して詠んだ、(2)後朝の文への返歌は、侍従の代作を末摘花が直筆で書いた、(3)侍従不在の雪の朝は、光源氏の贈歌に末摘花は返歌できない、(4)歳暮の

装束とともに届いた和歌は、末摘花自身の詠作で直筆だった、という具合に段階を踏んでいます。光源氏は当初は不審を抱きつつも、返歌は末摘花自身の作と錯覚しているために逢瀬に至るのですが、最終的には当人の実態を知って落胆します。

すなわち和歌の詠作は、末摘花とその周辺の女房という集団のうちでなされており、「末摘花の歌」は末摘花個人の産物ではありません。しかしだからと言って、集団と個が未分化で、個が個として自立していなかったと考えるのも早計でしょう。末摘花を囲む小さな集団が「末摘花工房」である、と同時に末摘花単独の個も確かに存在している、だからこそ、最後に当人の力量を知って落胆する光源氏の滑稽さが際立つことになるのです。

平安朝の高貴な女性は、女房集団の奥に隠され、単独の個としての姿を容易には露（あらわ）にしないものでした。男性は、まずは姫君の評判を聞きつけて関心を抱くのですが、なればこそ女君の側は実際以上に魅力的という噂を創り上げげます。男君の求愛の文には女房集団総がかりでいかにも魅力的な応答をする、そして男性が通い始めて実態を知ってみたら、ひどく期待外れだったというのは、当時あり得た現実だったことでしょう。

末摘花の話はいささか戯画的ですが、程度の差こそあれ当時の誰もが経験した類いの期待外れであり、ひとたび関わり始めたら容易には逃れられないという意味で、無残な現実の一齣に近かったのではないでしょうか。むしろこの対極にある、若紫を北山で発見し正妻格に育て上げる物語の方が、よほど現実離れした絵空事、空想的願望の所産だったと思えるのです。

■―――『蜻蛉日記』の歌の作者は誰か

求婚の場での女君側の歌の集団性については、一〇世紀後半成立の『蜻蛉日記』冒頭からもよく分かります。日記の作者道綱母に、藤原兼家がたびたび求婚の文を遣わしてきます。

いたらぬところなしと聞きふるしたる手も、あらじとおぼゆるまで悪しければ、いとぞあやしき。ありける言は、

音にのみ聞けばかなしなほととぎすこと語らはむと思ふ心あり

とばかりぞある。「いかに返りごとはすべくやある」など、さだむるほどに、古代なる人ありて、「なほ」とかしこまりて書かすれば、

語らはむ人なき里にほととぎすかひなかるべき声なふるしそ

（上巻・天暦八年夏）

申し分ないと常々聞いていた筆跡も、まさかないだろう、と思われるほどまでひどかったので、なんとも不思議な気持ちである。そこにあった文言は、

噂にだけ聞いていると悲しいよ、時鳥はお話ししようと思う心があるよ

とだけ書いてある。「どのように返事をすればよいのか」などと思案していたところ、古風な人がいて、「やはりお返事を」と恐縮して、書かせるので、

お話ししようという人のいない里に、時鳥よ、甲斐がないに違いない声で鳴いて時を過ごすな

「いたらぬところなし」とは兼家の書が優れていると評判だったという意味ではなく、求婚の文といえば

優れた筆跡が物語では常套だという意味でしょう、意に反して酷かったという道綱母の落胆が顕著です。返事をしようかすまいか悩んでいたところ、「古代なる人」、母が勧めて書かせるので返歌したといいます。この場合、⑴道綱母に作らせて書かせた、⑵母か女房が作り、道綱母に書かせた、⑶母か女房が作り、女房に書かせた、といくつかの可能性があり得ます。

その後、兼家は重ねて恋文を贈って来ますが、「返りごともせざりければ」と、道綱母側は返歌をせず、さらに文を重ねてくる兼家に、例によって母が恐縮して、「さるべき人して、あるべきに書かせてやりつ。それをしもまめやかにうち喜びて、しげう通はす」と、しかるべき人にそれらしく書かせて贈ったら、兼家は真面目に喜んでしげしげと文を遣わしてきたとあります。これらは道綱母の返歌でないことが明らかで、⑵母が作って女房に書かせた、⑶女房に作らせて書かせた、のいずれかでしょう。その後、

> 浜千鳥あともなぎさにふみ見ぬはわれを越す波うちや消つらむ
>
> このたびも、例の、まめやかなる返りごとする人あれば、紛らはしつ。またもあり。「まめやかなるやうにてあるも、いと思ふやうなれど、このたびさへなうは、いとつらうもあるべきかな」など、まめ文の端に書きて、添へたり。
>
> いづれともわかぬ心は添へたれどこたびはさきに見ぬ人のがり
>
> とあれど、例の紛らはしつ。
>
> （上巻・天暦八年夏）

浜千鳥の足跡も無く、渚に踏み入れることがないように、返事の手紙が見えないのは、越える波が足跡を打ち消すように、私を引き越して求愛する他の男がいるからなのでしょうか

今回も、いつものように、真面目な返事をする人がいるので、切り抜けた。するとまたもや手紙が来る。

「誠実な様子なのも、まことに願い通りだけれど、今回までもお返事がないのは、たいそう恨めしくもあるはずですよ」などと、実直なお手紙の端に書いて、添えてあった。

代筆か直筆かいずれとも区別のつかない気持ちはあるけれど、今回はこれまでに見ない人のところへとあるが、例によって代筆の返事でやり過ごした。

兼家の歌に「こたびはさきに見ぬ人のがり」とご当人の直筆の返事をねだっています。とすれば、これまでの返歌はすべて、つまり一番最初の返歌についても、少なくとも兼家はまだ道綱母の直筆でなかったのではと疑っていたことになります。その一方で、『蜻蛉日記』冒頭の兼家への歌が、作者自作でなく母や女房による代作歌だとすれば、やや拍子抜けです。その後の女房による代作の返歌は日記に記されていませんから、記し留めている以上は道綱母自身の詠作だとも判断できます。このように、当初は女側が代作代筆で応じるのが常套だという通念があるからこそ、誰の作で誰の筆跡か手探りのなか、関係を深めていく妙があるのだと言えます。

もっとも代作は、『蜻蛉日記』全編に及んでいるのかもしれません。『蜻蛉日記』上巻には、訪れの間遠な夫に対して道綱母が長歌で孤独を訴え、兼家も長歌で応じる場面があります。『万葉集』には多く見られる長歌（五七五七五七……五七七）ですが、ほとんど長歌が詠まれなくなった平安中期、兼家に長歌が詠めたかどうかは疑わしく、後日であれ道綱母による加筆が疑われるところです。また同じく上巻には、兼家の上司である章明親王と兼家との和歌の贈答が見られますが、これは夫兼家の単独の作ではなく夫婦合作、あるいは実質的には道綱母の作であった可能性も指摘されています。道綱母は兼家の妻妾の中でも裁縫と和歌の技量が高かったようで、公的な場面で兼家の和歌に加筆したり代作できたりするのが、道綱母の妻妾の一人として重視された理由だったと目されています。下巻での息子の道綱の、大和の女や八橋の女との贈答も、作者の代作が疑われるところです。このあたりは、小学館新編日本古典文学全集『蜻蛉日記』にも注記されていますから、よろしければご参照ください。

これらの和歌が代作と疑われるところには、『蜻蛉日記』が道綱母の日記である以上、なぜ道綱母自身の歌ではないのに、章明親王と兼家の贈答や、道綱と女たちとの贈答が含まれているのか、という疑問が根底にあるのでしょう。しかしこれは、当時は家の記録であった家集や日記を、いくらか近代的に、個の記録として扱い過ぎているともいえます。一方で『蜻蛉日記』を兼家の家の記録として見る説も根強く、たとえば岩波書店新日本古典文学大系の今西祐一郎氏の注釈などはその典型です。ここでは、仮に代作歌であったとしても、兼家や道綱の歌として公になる以上、それは兼家の歌であり道綱の歌なのだ、という立場が取られています。

確かにこの時代の人々にとって、和歌を通した交流は、決して個対個とは限らず、時に集団対集団でした。ですから日記は兼家一族の集団としての和歌的記録を次代に継承するためのものと考えるべきで、なればこそ家の支援を得て制作され、後代に継承されたといえましょう。しかし同時に、日記に叙述される道綱母の心境は、日記が進むにつれて孤独感を深め、兼家との一体感を失っていきます。だとすればこの日記は、単純に兼家周辺の共同体としての記録に収斂されるわけでもないのです。上巻では時には夫兼家と連帯して合作もできた道綱母が、次第に孤独を深めて自問自答するように苦悩し、下巻では息子の求婚歌の代作をするところに自己の拠り所を見つける、といった具合なのです。ですから、一面ではたしかに家の記録としての記述でありながらも、なればこそ、兼家や道綱の周辺の人々との関わりを通した道綱母の人生史なのでもあって、両面が同居していると理解できるのではないでしょうか。このように考えた時、和歌の代作とは、一見したところ集団に個を埋没させる行為でありながら、むしろ個としての「私」がその集団の一員として認められ、なればこそ個としての「私」を発揮できる場だったともいえるのです。

■代作歌は誰のものか

こうした文化を理解した時、『和泉式部日記』に見える、帥宮(そちのみや)(冷泉天皇第四皇子敦道親王)から和泉式部への代作の依頼も、単純に破廉恥だとは言えなくなります。帥宮は和泉式部に、日頃親しくしていた女性が遠くに行くので、「あはれ」と感動させる歌を贈りたい、ついてはあなたの歌にいつもそれを感じるので代作を一つ、と依頼します。和泉式部は「あなしたり顔」、なんてしゃあしゃあと、と思いながらも、「「さは え聞こゆまじ」と聞こえむも、いとさかしければ」と断り申し上げるのも小賢しいので、と依頼に応じます。

「惜(を)しまるる涙にかげはとまらなむ心も知らず秋は行くとも
まめやかにはかたはらいたきことにもはべるかな」とて、端に、「さても、
君をおきていづち行(ゆ)くらむわれだにも憂(う)き世の中にしひてこそふれ」

(五二―五三頁)

「惜しまれる私の涙に貴女の姿がとどまってほしい、私の心も知らず、貴女の心は秋の季節とともに、「飽き」が来て、去っていくとしても

真面目には到底きまり悪いことですね」と言って、紙の端に、「それにしても、貴方を置き去りにしていったいどこに行こうとしているのでしょう。私でさえも、辛いこのあなたとの関係に無理をして留まっておりますのに」

今日の常識でいえば、恋人が自分とは別の恋人と別れるための歌を代作するというのは、実に奇妙な関係です。しかし帥宮からすれば、別れる女に和歌を贈ることを和泉式部に告げ、その代作を依頼すること自体、和泉式部の作歌能力への評価であり、一体感の確認だったのでしょう。和泉式部は、その依頼に応じて代作歌を作ることで帥宮の心を代弁する役割を果たしながらも、他方では添え書きとして、自身の帥宮に対する恨み言を歌にして訴えているのです。一面では、帥宮の心を代弁するという両者の連帯のうちにありながら、他方では帥宮に恨み言を言う形で帥宮と自己との個を峻別する——この二首の歌を同時に返していることが特徴的です。

和歌の詠作が個の営為である一方で集団の作として生きる事例としては、『枕草子』「二月つごもりごろに、風いたう吹きて」段の短連歌なども、典型的な集団対集団の応酬といえます。「公任の宰相殿の」といって贈られた懐紙には「すこし春ある心地こそすれ」と、風が吹き雪が舞い散る二月の今日にふさわしい風情、同時に『白氏文集』巻一四「南秦雪」の、「三時雲冷カニシテ多ク雪ヲ飛バシ、二月山寒ウシテ少シク春有リ」を踏まえた句がありました。公任から投げかけられた贈歌は定子サロンに宛てたもので、清少納言一人に贈られたとは限りません。また公任の側も、一人ではなく複数でした。『公任集』には「吹きそむる風もぬるまぬ山里は」と応じた例も残されていますから、同じ下句を贈ってはいろんな反応を試していたのかもしれません。清少納言は、定子の体面を汚さぬことを第一に考えますが、生憎連絡がつきません。先方からの使いに急かされて、「げにおそうさへあらむは、いと取り所なければ」、なるほど下手な上に遅いとあっては取柄がないとばかりに、「空寒み花にまがへて散る雪に」と、やむなく独断で清少納言は同じ漢詩を踏まえて応じます。すると先方の源俊賢が、内侍にするよう帝に奏上しようと清少納言を評価したと、左兵衛督の中将（藤原実成か）が話したというものです。

これはもはや双方の集団の知と感性の水準を競う、集団同士の歌の応酬の趣なのです。こうしたやり取りは、今日でいえば職場内で上司の了解を得ながら、個を消して集団の営為として相手方と向き合う、職業上の対話に近いともいえましょうか。しかし、その行為は、定子サロンの集団としての評価につながると同時に、清少納言の内侍就任への斡旋が口にされたわけですから、個に対する評価でもあるわけです。

和歌の詠作は個の営為でありながら、それが集団の営為と捉えられ、集団の意志の表明、集団として評価の対象になる一方で、集団内は常に一枚岩とは限らず、内部で個と個が対峙したり、和歌の評価もきちんと個人の評価に繋がっていたことなどを確認した次第です。

■——物語の制作の場とは

この集団の営為としての制作という点では、実は平安時代の物語も相似的な環境にありました。そもそも平安時代の物語の多くは、作者名が明らかではありません。それはしばしば物語の社会的な価値の低さとして説明されますが、実はそもそも物語が単独の個の創作物でない点が、より本質的でしょう。印刷技術がない中で、書写する行為が読むことを意味した時代に、〈読者〉が次の〈作者〉になるのは自然でした。書かれたテクストが安定的な形を保たず、常に補筆され流動される環境にあったのです。片桐洋一氏の説によれば『伊勢物語』は百年弱くらい歳月を経て成ったとされますから、そもそも単独の個が作者ではあり得ません。こうした平安朝の諸文献における、複数の作者の関与の可能性を勘案した場合、実は『源氏物語』の作者が紫式部という個として知られていることの方が、極めて特殊なのです。それは『紫式部日記』という外部徴証があるからなのですが、『紫式部日記』の記述は、必ずしも『源氏物語』が単独の個の産物であることを保証していません。

入らせたまふべきことも近うなりぬれど、人々はうちつぎつつ心のどかならぬに、御前には、御冊子つくりいとなませたまふとて、明けたてば、まづむかひさぶらひて、いろいろの紙選りととのへて、物語の本どもそへつつ、ところどころにふみ書きくばる。かつは綴ぢあつめしたたむるを役にて、明かし暮らす。

（『紫式部日記』一六七―一六八頁）

宮中にお戻りになる予定のことも近くなったが、人々は行事が続いて落ち着かないのに、中宮が御冊子作りをおさせになるというので、夜が明けるとまず向きあって伺候して、色々の書写する紙を選び整えて、物語の本を添えては、あちこちに手紙を書いて配分する。一方、私は書写されたものを綴じ集め整理するのを仕事として、日々を明かし暮らしている。

敦成親王の出産で里下がりしていた彰子が宮中に戻るに際して、彰子の御前で御冊子作りがなされ、紫式部が紙を選び、物語の本を添えて書写の依頼をし、綴じ集め監修している様子がうかがえます。ここで書写された本は『源氏物語』だというのが通説ですが、厳密にはその保証はどこにもなく、既存の物語群であった可能性も否定できません。また紫式部の立ち位置も監修者の風情で、単独の作者である確証はありません。

局に、物語の本どもとりにやりて隠しおきたるを、御前にあるほどに、やをらおはしまいて、あさらせたまひて、みな内侍の督の殿に、奉りたまひてけり。よろしう書きかへたりしは、みなひきうしなひて、心もとなき名をぞとりはべりけむかし。

（一六八頁）

局に、物語の本を取りにやって隠しおいていたのを、彰子の御前に出ていた間に殿がお探しなさって、みな内侍の督の殿に差し上げなさってしまった。よい具合に書き直していたのは皆失ってしまって、気がかりな評判をとったに違いないでしょうよ。

道長が、紫式部が不在の局から、隠していた物語の本どもを勝手に持ち出し、次女の妍子(けんし)に差し上げたという記述です。一般に『源氏物語』の草稿が当初から複数あったことを証する記録と理解されていますが、実はこの「よろしう書きかへたりし」の原本、粗悪だった原形が、紫式部の草稿であると証明する材料はないのです。それは『源氏物語』以外の物語の書写であったかもしれず、また『源氏物語』であったとしても、しかるべき原案を集めながらそれに手を入れて完成させていく、最終段階の監修者として紫式部がいた可能性は捨てきれないでしょう。この点について、片岡利博氏『異文の愉悦　狭衣物語本文研究』（笠間書院、二〇一三年）は先駆的に、平安時代の物語の書写は、より優れた本文に加筆改作していくのが当然であったことを提言しています。物語の制作は、道長による紙などの資材と人材の提供といった経済的な支援を背景とした、紫式部監修のいわば工房でなされた可能性があります。その真偽を確かめるすべはないにせよ、少なくとも近代的な意味での紫式部という個の産物だと考えるのは、平安朝の物語群の制作環境を勘案すれば、いささか早計でしょう。否、むしろ現代の著作物とても、アイドルの著作物にゴーストライターがいるなどといった極端な例を挙げなくても、著者として名が掲げられる人物の背後に、編集者の大なり小なりの関与があって、実は著作物が単独の営為などではないことは、自らが書物を出版したことのある者なら、誰でも承知しているはずなのです。

かといって、仮に『源氏物語』が道長共同体の営為であるとしても、そこに個としての紫式部が不在であることを意味するわけではありません。帥宮との連帯の中で代作歌を作った和泉式部が、一面では一人の個として帥宮と対峙したのと同様に、清少納言が定子共同体の一員として応じながらも自身も名声を得たのと同様に、そこには共同体に支えられた、したたかな個の発現があります。共同体の産物としての物語を基盤にしながら、濃厚に紫式部という個を打ち出したのです。『源氏物語』が制作者である紫式部の個としての特性——漢籍に精通した作者ならではの奥深い引用や、『紫式部集』の歌にもみられる「身」「心」の意識などを抱えていることは、疑いありません。そうした個としての紫式部の特性と、物語の内に秘められた〈共同性〉とは、いささかも矛盾せずに見事に同居しているのです。

第4講

個性が生まれるとき
――西行と藤原俊成

渡部泰明

多くの人を感動させる共同性と、作品の個性とは、どこで交わるのか。
それを中世文学の場合で考えてみよう。中世文学の場合、
共同性と個性が融合する、その触媒に当たるものとして、無常観が考えられる。
無常観は、万物は変化流動するという観念で、
とくに日本では、人の死すべき運命に対して感じる悲しみとして表されることが多い。
現代人にとって無常観ほどわかりにくいものはないが、
実は無常観は、感動を生み出す媒介になるのだった。

西行、無常を歌う

はかなしやあだに命の露きえて野べに我が身やおくりおくらん　（七六四）

はかないものよ。空しく命は露のように消えて、わが身は野辺に送り置かれるのだろうか

七月十五夜、月明かりけるに、船岡にまかりて

いかでわれこよひの月を身にそへて死出の山路の人を照らさん　（七七四）

私は、どうにかして今宵の月を我が身に寄り添わせて、死出の山道を行く人々を明るく照らしてあげたいのだ

※船岡…平安京の北側にある岡で、火葬場があった。

物こころぼそくあはれなりけるをりしも、きりぎりすの声の枕にちかくきこえければ

その折の蓬がもとの枕にもかくこそ虫のねにはむつれめ　（七七五）

その死の折の蓬の根元の枕元でも、このように虫の音に親しみたいものだ

鳥辺山にてとかくのわざしける煙なかより、夜ふけていでける月のあはれに見えければ

鳥辺野や鷲の高嶺の末ならんけぶりを分けていづる月かげ　（七七六）

鳥辺野は霊鷲山の末裔なのだろうか。火葬の煙を分けて月が出てくる

※鳥辺野…鳥辺山とも。現在の西大谷から清水寺へ行く途中にある丘陵。鷲の高嶺…釈迦が説法した霊鷲山。

無常の歌あまたよみける中に

いづくにかねぶりねぶりて倒れ伏さんとおもふかなしき道芝の露　（八四四）

いったいどこで眠ることを繰り返し、倒れ伏すように死ぬのだろうかと、路傍の草の露を見るたび思い、

悲しくなる

亡き跡をたれとしらねど鳥辺山おのおのすごき塚の夕暮　（八四八）

亡き誰の跡なのかは知らないが、鳥辺山の墓は、夕暮れ時それぞれぞっとする寂しさを漂わせている

死にて伏さん苔のむしろを思ふよりかねてしらるる岩陰の露　（八五〇）

死んで倒れ伏す苔の蓆のことを思うと、それはこんな露のおく岩陰だろうかと生前から知られるよ

露と消えば蓮台野にをおくりおけねがふ心を名にあらはさん　（八五一）

もし私が露のように死んで消えたならば、蓮台野に野辺送りしてくれ。極楽往生を願う気持をせめてその名で表したいので

十二世紀を生きた遁世僧の歌人、西行の歌です。彼の家集（個人の歌を集めた歌集）である『山家集』から、無常にまつわる歌をピックアップしてみました。西行は今も人気のある歌人ですが、中世からさまざまな文学や伝承で取り上げられてきました。何と言っても、個性的で感動的な歌の魅力によるところが大きいでしょう。彼の死後十五年経って選ばれた『新古今和歌集』には、九十四首が選び入れられ、入集数第一位でした。当時から高く評価されていたのです。ただ、個性的というだけでは、人はなかなか感動には至りません。人の心の深部に届く共感を得る必要があります。それは個性を越えた部分であり、生きている中で、多くの人々が共通して抱え込むことになる情念や情動であって、しかも無意識の領域にもわたるものでしょう。いまそれを、本書のテーマである〈共同性〉にあたるものと見なしておきます。西行の共同性とはどういうものでしょうか。

西行は多くの歌人と同じように、さまざまなテーマの和歌を詠みました。花や月、恋の歌などに西行らし

い特徴がうかがえると、しばしば言われてきました。たしかにその通りですが、一番西行らしさを表しているのは、死にまつわる歌だと思います。先の引用の中で、八四四番歌の詞書（和歌の前書き）に、「無常の歌あまたよみける中に」とありますが、和歌で「無常」といえば、死を意味します。「無常観」の集約されたものが、この死に関わる歌々なのです。どんな歌でしょうか。

■━━死を生き直す

引用した歌の中で、もっとも風変わりなのは、自分の死をありありと想像している歌です。

はかなしやあだに命の露きえて野べに我が身やおくりおくらん　（七六四）
その折の蓬がもとの枕にもかくこそ虫のねにはむつれめ　（七七五）
いづくにかねぶりねぶりて倒れ伏さんとおもふかなしき道芝の露　（八四四）
死にて伏さん苔のむしろを思ふよりかねてしらるる岩陰の露　（八五〇）
露と消えば蓮台野にをおくりおけねがふ心を名にあらはさん　（八五一）

最初の七六四番歌と最後の八五一番歌は、共通した内容を歌っています。自分が露が消えるようにはかなく死んでしまったら、野辺に送られるだろう、というのです。その野辺送りのさまをありありと想像している。野辺送りとは、亡骸（なきがら）が墓地に送られることを言います。火葬されるさまを思い浮かべてもいいのですが、風葬、すなわち遺体が野辺に捨てられている様子を想像してみたい気がします。八五一番歌の「蓮台野」は

図1　九相詩絵巻（東京大学国文学研究室蔵）

そういう風葬の地として知られていました。『閑居友』という説話集には、延暦寺の下級僧が、夜ごと比叡山から蓮台野まで降りてきて、腐乱死体を見つめて無常を悟ろうとした、という話が出てきます（「あやしの僧の、宮仕へのひまに、不浄観を凝らす事」）。西行の場合は、そこまでリアルではありませんし、自分が死ぬことについて言っているわけですけれども、死を想像して表現することに、深く固執していることは間違いありません。

七七五番歌は、私は蓬が生えているような野辺に倒れ伏して死ぬだろうが、その時には、虫の声と戯れながら死にたい、と願っています。八四四番歌は、路傍の草の露を見て、こういうふうにはかなく、そしてこういう場所に行き倒れるのかなあ、と悲しい思いで眺めている。八五〇番歌は、露のおく岩陰に苔が生えている、それを莚（むしろ）に見立てて、その上に倒れ伏して死ぬだろうと、これも自分の死の現場を目撃するかのように歌う。ここには、現代人のように死を恐れたり、忌避したりする気持はありません。

むしろ死を迎え入れているかのようです。進んで死を身近なものにしようとしているとさえいえそうです。そして歌の中で西行は、死者を演じているといってよいでしょう。死を生き生きと生き直している、とさえ言いたくなります。

いかでわれこよひの月を身にそへて死出の山路の人を照らさん　（七七四）
鳥辺野や鷲の高嶺の末ならんけぶりを分けていづる月かげ　（七七六）
亡き跡をたれとしらねど鳥辺山おのおのすごき塚の夕暮　（八四八）

七七四番歌は、七月十五日の盂蘭盆会の日に、満月の月の光を我が身に添えて、あの夜を行く人たちを照らしたい、つまり成仏するよう導きたい、と言っています。死者の側に身を置いている。七七六番歌も月が出てきていて、ここでは釈迦のたとえになっています。そして墓地鳥辺野を、霊鷲山の末裔だとしています。死が救済に直接結びつけられている。火葬に集まった人たちの心を慰めるための歌でしょう。死に寄り添っているからこそ、こういう言葉が出てくるに違いありません。八四八番歌は鳥辺山の墓を歌う、大変珍しい歌です。知らぬ人の墓一つ一つに「すごき」（ぞっとするほど荒涼とした）ものを感じ取っています。だからといって、避けたいと思っているわけではないでしょう。それなら歌を歌ったりしません。「すごき」ものを感じ取るくらい、近くで向き合い、その霊的な雰囲気に自ら感染しているのです。死者たちの側に立って、名も知らぬ人々の死を我が身に引き取ろうとしているのです。

西行は、生と死の境界を乗り越え、死者の側に立とうとしている。その境界を越えようとする迫力が、人々の心の奥底を揺さぶるのではないでしょうか。「無常観」は西行の和歌の迫力を生み出していたのです。

■──『源氏物語』必読書宣言

十三番　枯野　左勝　　女房（藤原良経）

見し秋を何に残さむ草の原ひとへにかはる野辺の気色に

秋に見たあの素晴らしい景色をどこに残していようか。すべてが冬一色に変った野辺の様子の中で

右　　隆信

霜枯れの野べのあはれを見ぬ人や秋の色には心とめけむ

霜枯れの野辺の趣深さを知らない人が、秋の美しさに心をとめたのだろう

右方申して云はく、「草の原」聞きよからず。左方申云、右歌古めかし。

判じて云はく、左、「何に残さん草の原」といへる、艶にこそ侍るめれ。右方人「草の原」難じ申す条、尤うたたある事にや。紫式部歌よみの程よりも物かく筆は殊勝なり、そのうへ花宴の巻はことに艶なる物なり。源氏見ざる歌よみは遺恨の事なり。右、心詞あしくは見えざるにや、但、常の体なるべし。左歌宜し。勝と申すべし。

右の方人は「「草の原」の語が耳障りだ」と言う。左の方人は「右歌は古くさい」と言う。

判者の判定。左歌の「何に残さん草の原」という表現がえも言えず艶麗に感じられます。右の方人の「草の原」を批難する言い草は、あまりにも情けないことでしょう。紫式部は歌人としてよりも物語作者としてずば抜けています。のみならず花宴巻は『源氏物語』の中でもとりわけ艶麗な巻です。『源氏物語』を読

んでいないなんて、歌人として失格です。右歌は内容・表現に悪いところは見いだせないようですが、なにせありきたりの歌です。左歌は良い歌ですから、勝と申せましょう

建久四、五年（一一九三、四年）に藤原良経が主催した、『六百番歌合』の一番です。歌合というのは、左方と右方それぞれのグループから一首ずつ歌を提出して優劣を競う、文学的遊戯のこと。相撲の和歌版と考えればよいでしょう。平安時代の前期から催されており、初めの頃は遊戯・遊宴としての性格が顕著でしたが、やがて平安時代も後半を過ぎると、作品としてどちらが優れているかを問題とする、文芸的性格が強まるようになりました。鎌倉時代初期のこの『六百番歌合』では、藤原定家を筆頭に前衛的な表現を追求する新風歌人と、伝統的な表現を好む旧派歌人が真っ向から対立して、激しい論争を繰り広げました。判者（審判員あるは行司）である藤原俊成は、定家・家隆らの息子たち、弟子たちの行き過ぎは咎めながらも、おおむね新風に好意的な判詞（判定の根拠を記した文章）を残しています。この歌合の主催者藤原良経が新風歌人の一員であったことも、そちらへの肩入れを後押ししたでしょう。

この判詞では、左方の良経――「女房」として歌を提出していました。これを「隠名」と言います――の歌が『源氏物語』を踏まえているのに、右方の方人（自分の方を応援する人）は、まさにその『源氏物語』に基づいた「草の原」の語を批難したので、「源氏見ざる歌よみは遺恨の事なり」という、あまりにも有名な言葉を吐いたのでした。公的な場で、『源氏物語』が歌人に必須の教養であることを、初めて宣言したということで知られています。

良経の歌が踏まえたという『源氏物語』の場面は次のようなものです。

（光源氏）「なほ名のりしたまへ。いかでか聞こゆべき。かうてやみなむとは、さりとも思されじ」とのたまへば、

うき身世にやがて消えなば尋ねても草の原をば問はじとや思ふ（朧月夜）

と言ふさま、艶になまめきたり。（光源氏）ことわりや。聞こえ違へたる文字かな」とて、

いづれぞと露のやどりをわかむまに小笹が原に風もこそ吹け（光源氏）（『源氏物語』花宴）

光源氏が「やはりお名前を聞かせてください。どうやってお便りできましょう。このままおしまいにしようとは、まさかお思いではないでしょう」とおっしゃると、

私がこのままこの世から消えてしまったなら、墓所でさえ問うつもりはないとお思いですか

と言う様子が優美でなよやかだ。「ごもっともです。言い間違えました」と言って、

どこだろうとお住まいを探しているうちに、小笹の原に風が吹いて露のように消えてしまうかもしれません

若き光源氏が、この後彼を破滅へと追いやる女性、朧月夜の君と、宮中で運命的に出会う場面です。たしかに朧月夜の歌の中に「草の原」の語句も見えます。しかし、実は良経の歌は、『源氏物語』というより『狭衣物語』を踏まえていると見るのが正しいのです。具体的には、主人公狭衣大将の、

尋ぬべき草の原さへ霜枯れて誰に問はまし道芝の露（巻二）

という歌です。「草の原」だけではなく、『源氏物語』には見えなかった「霜枯れ」がここにはちゃんと出て

きています。間違いなく良経はこの歌に拠ったのですが、この『狭衣物語』の場面自体が『源氏物語』を踏まえているので、『源氏物語』も間接的には踏まえていることになり、必ずしも『源氏物語』に言及することは間違いではありません。藤原俊成も『源氏物語』の影響が間接的だとはわかっていたでしょう。それでも俊成はこのように言わざるをえなかった。なぜでしょう。

藤原俊成という人は、生涯数多くの歌合の判者となりましたが、およそ自分の考えを押しつけがましく声高に語ると言うことをしない人でした。穏当でバランス感覚に富む一方、詩歌としての表現に鋭敏で、できるだけその歌の長所を読みほどこうとした。だからこそ、歌人たちの尊敬を集め、歌界の第一人者の地位を不動のものとしたのです。その意味でも、このような強い自己主張は、俊成らしくありません。

■――無常は『源氏物語』への回路

どうして俊成は「源氏見ざる歌よみは遺恨の事なり」などと高らかに宣言したのでしょう。その謎を解く鍵は、どうやら彼の奥さんにあるらしいのです。実は『六百番歌合』が行われている頃、俊成は長年連れ添った妻を亡くしています。定家のお母さんです。彼の家集『長秋草』（俊成の家集としては『長秋詠藻』がよく知られていますが、それとは別の家集）には、その時の和歌が収められています。

建久四年二月十三日としごろのとも（子共の母）、隠れてのち、月日はかなく過ぎ行きて、六月つごもりかたにもなりにけりと、夕暮の空もことに昔の事ひとり思ひつづけて、ものに書きつく

……

山の末いかなる空の果てぞとも通ひて告ぐる幻もがな　（一七五）

彼女は、どの山の向こうにいるのか、どの空の果てにいるのか、そこまで通って教えてくれる幻術士がいたらなあ

いつまでかこの世の空をながめつつ夕べの雲をあはれとも見ん　（一七七）

私もいつまでこの世に生きて空をながめ、夕方の雲にしみじみと心惹かれて見ることができよう

又法性寺の墓所にて

思ひかね草の原とて分け来ても心をくだく苔の下かな　（一七八）

思いに堪えかね、せめて墓所を尋ねようと思って野を分けてやって来ても、心砕け散るばかりだ、苔の下の妻を思うと

草の原分くる涙はくだくれど苔の下には答へざりけり　（一七九）

草の原を分けながら涙の玉は砕けるように散るが、苔の下の彼女は答えてはくれない

建久四年（一一九三）二月十三日に、定家らの母である妻の藤原親忠女（美福門院加賀）を喪いました。その後春・夏と時は過ぎ、夏の最後の日に妻を偲ぶ歌を残しました。それが一七五・一七七番の歌です。その後、墓参りをしたときの一七八・一七九番も合わせ、いずれも『源氏物語』を踏まえています。一七五番歌は、

尋ねゆく幻もがなつてにても魂のありかをそこと知るべく　（桐壺巻・桐壺帝）

亡き人を探しに行く幻術士がいたらなあ。そうすれば人づてにでもその魂がどこにいるか、知ることがで

きるのに

一七七番歌は、

見し人の煙を雲とながむれば夕べの空もむつましきかな　（夕顔巻・光源氏）

愛した人を火葬にした煙があの雲になったのかと眺めていると、この夕暮れの空も慕わしい

雨となりしぐるる空の浮雲をいづれの方とわきてながめむ　（葵巻・頭中将）

雨となってしぐれる空の浮雲のうち、どれを亡き人の火葬の煙の果てと見分けて眺めたらよかろうか

の二首で、どれも死者を追懐する歌です。そして、一七八・一七九番歌に「草の原」の語が見えます。花宴巻の朧月夜の歌を本歌としています。この歌は死とは無縁のようですが、「草の原」という語句は墓地を表しますから、少なくとも歌の世界には死を内包しているといってよいでしょう。俊成は、まるで桐壺帝や光源氏に成り代わるようにして、妻の死を悼んでいるのです。この時俊成はなんと八十歳。年甲斐もなく、と言いたいところですが、考えてみれば、年齢を超越することは、詩人の特権でもあるでしょう。

なぜこれほど『源氏物語』にこだわったかというと、この妻、藤原親忠女は、この物語のたいへんな愛読者だったからです。愛読者が嵩じて、こんな愛欲の物語を作ったために地獄に墜ちたと考えられていた紫式部のために、皆でお経を書写して供養しようという、「源氏一品経供養」を企画・実行したようです。この物語に深く感動してしまった自分自身を救済するという意味もあるはずです。非常に文学的な営みだったのですね。そういう思いを抱いていた人は当時少なくなかった。とくに女院に使える女房たちなど、女性たちに多かった。彼女らは、俊成・定家らの和歌を支える強力な味方だったわけです。彼女らの文学への愛に応えることが、また俊成・定家らの課題でもありました。妻の死への悲しみと、和歌という自らの生業への意

識と、両者が重なって現れ出たのが、例の俊成の宣言だったのではないでしょうか。『源氏物語』を愛することは、死への思いと深いところで結びついている。華麗な王朝絵巻として楽しんで読んでいた――もちろん、そういう面もあったでしょうが――だけでは、けっしてないのです。命の根っこに食い入るようにして、深々と受け止めていたのです。「草の原」はこの後、新古今歌人たちの間でしきりと詠まれるようになります。

さて、そのことをもう少し別の例を挙げて確かめてみましょう。『新古今集』から、ある贈答を引用します。

権中納言道家母かくれ侍りにける秋、摂政太政大臣のもとにつかはしける　皇太后宮大夫俊成

かぎりなき思ひのほかの夢のうちはおどろかさじとなげきこしかな　（新古今集・哀傷・八二八）

奥様を亡くされた夢のような衝撃の中におられるうちは、弔問も控え、よそながら嘆いておりました

返し　摂政太政大臣（藤原良経）

見し夢にやがてまぎれぬ我が身こそ問はるる今日もまづかなしけれ　（八二九）

妻は夢のように亡くなりましたが、そのまま夢に紛れ込むことなく独り残されたこの身が、弔問を受けた今日は悲しくてなりません

詞書の道家母とは、藤原良経の妻、藤原能保女（よしやす）のことです。彼女は、正治二年（一二〇〇）七月十三日に三十四歳で亡くなりました。「夢」というのは死の暗喩です。はかなさを感じさせ、しかも現実感を奪ってゆく、と言う共通点があります。「やがてまぎれぬ我が身」が悲しい、すなわちその夢の中に紛れ込みたか

ったというのは、一緒に死んでしまいたかった、ということです。悲痛な言葉です。実はこれは『源氏物語』の中の言葉でした。若紫巻で、光源氏は、奇跡的に藤壺とまた密会する機を得ました。

何事をかは聞こえつくしたまはむ。暗部(くらぶ)の山に宿も取らまほしげなれど、あやにくなる短夜にて、あさましうなかなかなり。

見てもまた逢ふ夜まれなる夢のうちにやがてまぎるるわが身ともがな（光源氏）

とむせかへりたまふさまも、さすがにいみじければ、

世がたりに人や伝へんたぐひなくうき身を覚めぬ夢になしても（藤壺）

思し乱れたるさまも、いとことわりにかたじけなし。

申し上げたいことをどうして尽くすことがお出来になろう。暗部山に宿りたいくらいだが、あいにく折からの夏の短夜で、かえって嘆かわしさがつのるのだった。

お逢いしてもまたお逢いできる夜は希なのですから、いっそこの夢の中にこのまま紛れ込んでしまいたいものです

と涙にむせかえっていらっしゃるご様子も、さすがにひどくいじらしいので、

世の語りぐさとなってしまいそうです。この上なく宿運拙い我が身を覚めることのない夢の中のものだと思ってみても

思い乱れていらっしゃるご様子も、まことに無理からぬことで、畏れ多いことだ。

この場面の光源氏の歌の中の「夢のうちにやがてまぎるるわが身」が、先ほど見た良経の亡妻を悼む歌の

拠り所となったのでした。もちろん『源氏物語』では死はあくまでたとえとして出てきたのでしたが、それを現実の死に当てはめたのです。

死への思いは、つまり無常観は、中世の歌人たちにとって、『源氏物語』を我が身に引き寄せようとするときの媒介となるものでした。夢などはかないものだ。夢のような世界を語る物語など、もっとはかない。だが、この世界も人間も所詮はかないものだ。だとすれば、はかない夢や物語は、現実に即したリアルなものではなかったか。この世界の、人間の本質を示すものではないのか。だから私たちは、はかない夢物語にこれほど心を揺さぶられるのではないか。彼らは、そう考えたのではないでしょうか。無常観は、中世の文学の本質に、深いところで結び合っていたのです。

II　読者との往還

第5講　源氏物語と漢文学
——漢詩文の引用と〈共同性〉

藤原克己

『源氏物語』における和歌の引用（引歌）は、おおむね当時の読者が共有していた和歌の知識（共同性）を前提にしてなされているものと考えてよいのであろう。が、漢詩文の引用には、とくに漢文学に造詣の深い読者を想定した部分もあったのではないか。とはいえ、もとより漢文学の知識だけで、この物語の深さと美しさを十全に理解し、味読できるものではない。この物語を読むということもまた、特定の時代・社会を超えた、さまざまな知識や感性や経験を有する読者の共同作業なのである。

■——『史記』「呂后本紀」の引用

第2講では、最後に秋山虔氏の言葉も引用して、紫式部の時流に埋没し得ない孤心こそが、虚構の物語において、特定の時代社会を超えて読者が共感することのできる広やかな共同性の地平を切り拓くことを可能にしたのだと述べましたが、それにしても、『源氏物語』のような長大で深遠な虚構の創造がどうして可能になったのでしょうか。ここで私は、かつて西郷信綱氏が「新古今の世界」(『増補 詩の発生』未来社、一九六四年/初出は一九五九年)で次のように言われていたことを想起せずにはいられません。

……白氏文集や史記に代表される中国文化への深い理解がなかったとしたら、紫式部はおそらく今あるような源氏物語をかけなかっただろうと考えざるをえない。よくいわれることだが、白楽天の長恨歌が「桐壺」の巻の下敷になっているとかいないとかいったような皮相な、筋立てや語句の上での影響の問題としてではなく、もっと根本的に作品の文学的な質や構想力そのものの問題としてそうだと思うのである。逆にいえばそれは、もし紫式部が中国文化への、当時の並の女とはちがうとびぬけた素養をもたず、女流文学の伝統に自然発生的によりそうだけであったならば、彼女の作も蜻蛉日記や和泉式部日記程度の、つまり客観的なロマンとしての骨格の弱い日記文学の域を大して脱け出ることは不可能であっただろうということである。

たとえば、桐壺巻で敷設された政治勢力の対立の構図とその後の展開は、司馬遷の『史記』「呂后(りょこう)本紀」の以下のような話を大きな枠組みとして用いている所があります。呂后は、漢の高祖(劉邦)がまだ微賤であった頃からの妻であった。その人となりは剛毅で、高祖の天下平定、漢帝国創建をよく助けた。高祖は後に戚夫人を寵愛し、呂太后の生んだ太子（後の孝恵帝）は人となりが「仁弱」なので、戚夫人の生んだ趙王如意を太子に立てたいと思い、戚夫人もそれを懇願した。しかし、それは実現せず、高祖が崩ずると、呂太后は戚夫人と趙王に恨みを晴らそうとした。孝恵帝は趙王を守ろうとしたが、呂太后はついに趙王を毒殺し、戚夫人の手足を切り、目をえぐり、耳を焼き、瘖薬（おしにする薬）を飲ませてこれを廁に置き、「人彘」と名づけた。変わりはてた戚夫人の有様を見せられた孝恵帝は、その後酒色に溺れて早世した。

高祖－桐壺院（光源氏や朱雀帝の父）、呂太后－弘徽殿の大后（朱雀帝の母）、孝恵帝－朱雀帝、戚夫人－藤壺中宮、趙王－藤壺腹の東宮（後の冷泉帝。表向きは桐壺帝の皇子であるが、実は藤壺と源氏の不義の子）という対応関係を見ることができましょう。もちろん、すべてが一致するわけではありませんが、弘徽殿の大后も男勝りな性格で、しかも桐壺帝の後宮で最古参の女御でした。そして賢木巻で、光源氏二十三歳の年の十一月初旬に桐壺院が崩御すると、それまで抑えられていた弘徽殿の大后やその父右大臣が思うさまに権勢を振るい、光源氏や藤壺に対する迫害が始まりますが、そこの所に、

> 帝（朱雀帝）は、（源氏を重んずるようにとの）院の御遺言違へず、（源氏を）あはれにおぼしたれど、若うおはしますうちにも、御心なよびたるかたに過ぎて、強きところおはしまさぬなるべし、母后、祖父大臣とりどりにしたまふことは、え背かせたまはず、世の政、御心にかなはぬやうなり。（②一〇四頁）

とあり、この傍線部に四辻善成（一三二六—一四〇二）の『河海抄』は「孝恵為人仁弱」という『史記』

「呂后本紀」の原文を引いています。朱雀帝の性格やその立場、言動は、「呂后本紀」の孝恵帝に擬して書かれている所がある、という注です。しかし決定的なのは、同じく賢木巻の、弘徽殿の大后からの風当たりが強まる中で藤壺が出家を決意するくだりに、「よろづのこと、ありしにもあらず変りゆく世にこそあめれ、戚夫人の見けむ目のやうにはあらずとも、必ず人笑へなることはありぬべき身にこそあめれ、など、世のうとましく過ぐしがたうおぼさるれば、背きなむことをおぼし取るに」（②一一四頁）とある所です。これにより、物語が『史記』「呂后本紀」を踏まえていたことは明らかです。

■―― 権勢におもねる世人

同じく賢木巻で、桐壺院崩御の翌春のくだりには、

> 除目のころなど、院の御時をばさらにもいはず、年ごろ劣るけぢめなくて、御門のわたり、所なく立ちこみたりし馬、車うすらぎて……（②一〇〇頁）

とあります。毎年、除目（人事異動）の頃ともなれば、桐壺院の在位中は言うまでもなく、譲位後のこの数年もまったく変わりなく、光源氏邸の門前には彼の引き立てにあずかろうとする者たちの馬・車がびっしり立て込んだのに、右大臣が権勢を独占した今やうってかわって閑散としている、というのです。権勢のある者には恩顧を求めて阿附追従しておきながら、一旦その者が権勢を失うと手のひらを返すように離反してゆく世人のあざとさ、薄情さを描いているわけですが、この「馬、車うすらぎて」という表現には、『うつ

ほ物語』にも先例があります。「国譲下」の巻で、それまでの帝が譲位して新帝が即位すると、その東宮の地位をめぐって、新帝の第一皇子の母である源正頼の娘の藤壺（あて宮）方と、第三皇子の母である藤原兼雅の娘の梨壺方とが争うことになりました。そして、第三皇子に決定したという噂が立つや、「三条の院（正頼邸）には、四面巡り立ちし馬、車もをさをさ（ほとんど）見えず、藤壺の御方に一つもなし」（③三一七頁）という状態になり、一方、「右の大殿（右大臣兼雅邸）、右大将殿（兼雅の子息仲忠の邸）には、御門の外には人も避りあへず馬、車立ち、市のごとくののしる」（③三一九―三二〇頁）とあります。また『栄花物語』巻四「みはてぬゆめ」で、関白藤原道隆が薨去し、弟の道兼に関白の宣旨が下ったところにも、「世の中の馬、車、（この時道兼が寄寓していた藤原相如宅の門前の）ほかにはあらかじかしと見えたり」（①二一四頁）とあります。

ここには、当時の仮名散文に共有されていた発想・表現の型があるように思われるのですが、それも『史記』にもとづくものだったのではないかと私は思うのです。たとえば「汲鄭列伝」末尾に以下のようにあります。

> 太史公（司馬遷）曰く、……下邽の翟公に言有り。始め翟公、廷尉（法務大臣）と為るや、賓客、門に闐てり。廃せらるるに及び、門外、雀羅も設けつべし（雀を取る網を張れそうなくらい人気がなくなった）。翟公、復た廷尉と為る。賓客、往かんと欲す。翟公、乃ち其の門に大署して曰く、一死一生、乃ち交情を知り、一貧一富、乃ち交態を知り、一貴一賤、交情乃ち見る、と。

翟公が門に大署した文言の意味は、死に臨み、または貧富貴賤の浮沈を経験してみて初めて人々の交情の底がわかる、ということです。同趣の記事は「孟嘗君列伝」「廉頗藺相如列伝」「魏其武安侯列伝」にも見られますが、『源氏物語』の場合、とくにこの翟公の故事がよく合致するように思われます。というのも、源氏が二年数カ月に及ぶ須磨・明石流寓を経て帰京し、政権を掌握すると、世人たちは再び彼のもとに殺到したというからです。そのことが、蓬生の巻に以下のように語られています。

> 我もいかで人より先に深き志を（源氏に）御覧ぜられんとのみ思ひ競ふ男女につけて、高きをも下れるをも、人の心ばへを見たまふに、あはれにおぼし知ることさまざまなり。（②三三四頁）

ただし『うつほ物語』の「国譲中」巻にも、先にふれた藤壺方・梨壺方の立坊争いの過程で、藤壺がその父正頼に「この折に、人々の御心ざしどもを見たまへ。人の心ざしのみこそ、あはれにも、つらうもあれ」（③一七五頁）と語る所があり、『源氏物語』は『史記』だけでなく『うつほ物語』をも参照しているように思われます。

■文人・賢士を重んずる光源氏

先に、賢木巻で源氏の父桐壺院が崩御してその不遇時代が始まったことを見ましたが、その翌々年のこととして、物語は、不遇をも意に介さず、「いたづらに暇ありげなる博士ども召し集めて、文（漢詩）作り、韻塞などやうのすさびわざ」（②一四〇頁）に興ずる源氏と三位の中将（かつての頭の中将）の交友を描いています。「韻塞」というのは、漢詩の脚韻を隠して前後の内容からその韻字を当てる競技ですが、この「いたづらに暇ありげなる博士ども召し集めて」というのは、軽々に読み過ごせません。文章博士たちが暇を持て余しているというのは、現右大臣政権が学者文人を重んじていないということを暗に物語っているからです。

さて、「夏の雨のどかに降りて、つれづれなる頃」、三位の中将が多くの漢詩集を供に持たせて源氏邸に訪れ、殿上人や文人たちも多く参集し、源氏の左方と中将の右方の二組に分かれて韻塞が行われました。文章博士たちでさえ当てるのが難しい韻字を「（源氏が）時々うちのたまふさま、いとこよなき（人より格段に優れた）御才のほどなり」（②一四〇頁）とありますが、こういう場合の「うち」は「軽く〜する」という感じを表しますから、身を乗り出すようにして言うのではなく、いかにもおっとりと言うのです。ちなみに『徒然草』第七十九段に「何事も入りたたぬさましたるぞ、よき。よき人は、知りたる事とて、さのみ知り顔にやは言ふ（そうむやみに物知り顔に言うだろうか）」とありますが、ここの光源氏もまさにそのような「よき人」（高貴な人）のイメージです。結局、右方が負けました。

二日ほどして中将が、競技で負けた方が勝った方を饗応する「負けわざ」をしました。その場面に次のような一節があります。

……皆この（源氏の）御事を誉めたる筋にのみ、大和のも（和歌）唐のも（漢詩）作り続けたり。（源氏は）わが御心地にもいたうおぼしおごりて、「文王の子、武王の弟」とうち誦じたまへる御名のりさへぞ、げにめでたき。成王の何とかのたまはむとすらむ、そればかりや、また心もとなからむ。（②一四三頁）

最初の傍線部は『史記』「魯周公世家」の周公旦が子の伯禽を戒めた言葉の引用です。周公は、成王の摂政として都に留まらなければならなくなったので、自国の魯は伯禽に治めさせることにしました。その時の言葉です。「私は周の文王の子、武王の弟、成王の叔父である。その私が、来客があれば洗髪中でも髪を捉り、食事中でも口中の物を吐いて、すぐに起って応待した。そのようにしてなお、天下の賢人を失うことを恐れたのだ。そちも、魯侯になったからとてけっして驕り高ぶるでないぞ」。これは『蒙求』にも「周公握髪」と標題化された有名な故事です。『源氏物語』では、源氏が自らを「文王の子、武王の弟」と名乗れば、それは桐壺院の子、朱雀帝の弟の謂なわけで、次の傍線部で語り手は「では冷泉帝の何なのだとおっしゃりたいのでしょう（実の父なのに）」と揶揄していますが、光源氏を賢士を重んじた周公旦に擬した引用なのだということを見落としてはならないでしょう。――しかしながら、はたしてそのことに、この物語が書かれたのと同時代の読者層のどれだけの人たちが気づき得たのでしょうか。

■――商山四皓の故事の引用

ここで先回りして、後の澪標巻で、『史記』「留侯世家」のいわゆる「商山四皓」の故事が引用されることにもふれておきたいと思います。漢の高祖はその晩年、呂太后の産んだ太子孝恵を廃して、戚夫人の産んだ趙王如意に替えたいという意向をますます強めたのですが、高祖から最も重んじられていた功臣の張良（留侯）が、呂后の懇願により、商山に隠遁していた四人の白髪の賢人（「四皓」の「皓」は白髪の意）を招いて孝恵を輔翼させたので、高祖もついにあきらめたのでした。

一方『源氏物語』では、光源氏が須磨・明石の流寓時代を経て都に召還され、冷泉帝が十一歳で即位し、「致仕の大臣」（辞職した大臣）すなわちかつての左大臣（先ほどの三位の中将や源氏の妻だった故葵の上の父）にその摂政の任に当たることが要請された際に、この故事が引用されます。大臣は高齢を理由に固辞したのですが、「他の国にも、こと移り世の中定まらぬをりは深き山に跡を絶えたる人だにも、をさまれる世には、白髪も恥ぢず出で仕へけるをこそ、まことの聖にはしけれ」（②二八三頁）ということで、結局太政大臣として新帝の摂政を務めることになったというのです（光源氏自身は内大臣として執政します）。

「留侯世家」によれば、ある宴の折に、鬚も眉も真っ白な四人の老人が太子孝恵の傍に侍していたので高祖が何者かと尋ねると、四人はそれぞれ東園公、甪里先生、綺里季、夏黄公であると答えました。高祖は愕然としてさらに尋ねます。「余は貴公らを数年にわたって招聘していたのに、公らは余を避けて逃れていた。いま、公らが吾が児につき従っているのはなぜなのか」と。すると老人たちはこう答えました。「陛下は士を軽んじ、よく罵倒されますが、太子の人となりは仁孝にしてよく士を敬愛されます。だから私たちは太子を慕って来たのです」と。この「商山四皓」の故事が言及されているということは、光源氏の復帰・執政と冷泉帝の即位によって到来した「をさまれる世」とは、賢士を厚遇する世ということにほかならないでしょう。

■江州左遷時代の白詩の引用

先ほどの三位の中将の韻塞の負けわざの場面に戻ります。その場面には、「階のもとの薔薇けしきばかり咲きて、春秋の花盛りよりもしめやかにをかしきほどなるに、うちとけ遊びたまふ」とあったのですが、この傍線部は、白居易の江州左遷時代の七律「薔薇正に開き春酒初めて熟す。因りて劉十九・張大夫・崔二十四を招きて同に飲む」（『白氏文集』巻十七）の首聯「甕の頭の竹葉（酒）は春を経て熟す／階の底の薔薇は夏に入りて開く」の引用です。これは『和漢朗詠集』上・首夏にも取られているので、当時愛誦されていた詩句であろうと思われますが、しかし、江州左遷時代の白居易と友人たちの交友にちなむ詩が、不遇時代の光源氏と三位の中将との交友の場に引かれたのだということに、当時の読者の中でどれだけの人が気がついたのでしょうか。

次に須磨の巻に移ります。すでに源氏は官爵も剝奪され、天子の廃立を企てたというような無実の罪を着せて流罪に処そうとするような動きもあったようなのですが、そのような目に遭う前に、源氏は自ら進んで須磨に退居することを決意します。右の韻塞の翌年三月のことです。須磨下向の旅支度はごく簡素にしたためられましたが、その中には『白氏文集』と七絃琴一張も含まれていました。七絃琴は、古来中国では高雅な文人が愛好する楽器とされたものです。

さらにその翌年の春、先の三位の中将は宰相の中将となっていましたが、右大臣・弘徽殿方の耳にはいってもままよと思いなして、須磨の源氏を訪問します。その宰相の中将の眼にした源氏のわび住まいが、「住まひたまへるさま、言はむかたなく唐めいたり。所のさま、絵に描きたらむやうなるに、竹編める垣しわたして、石の階、松の柱、おろそかなるものから、めづらかにをかし」（②二一三頁）と形容されています。この傍線部もやはり白居易江州左遷時代の「香炉峯下に新たに山居を卜し、草堂初めて成る。偶たま東壁に題す」という七律連作五首（『白氏文集』巻十六）の第一首からの引用です。現代の通行本では「石の階桂の柱竹編める墻」ですが、『管見抄』——武蔵国六浦庄金沢郷に称名寺・金沢文庫を創建した北条実時（一二二四—一二七六）が『白氏文集』を抄出したものと推定されています——には「松の柱」とあります。なおこの連作第四首の頷聯が、有名な「遺愛寺の鐘は枕を欹てて聴き／香炉峯の雪は簾を撥ねて看る」ですから、右の傍線部が江州左遷時代の白居易が香炉峯下に営んだ山居の結構を、須磨の源氏の住まいのそれに借用したものであることに気がついた読者は多かったでしょう。

がしかし、次の例はどうでしょうか。宰相の中将は源氏と終夜漢詩を詠み交わして、翌日帰京したのですが、その別れ際に二人は盃を交わしつつ「酔ひの悲しび涙灑く春の盃のうち」と朗誦したとあります。これは、「(元和)十年三月三十日微之に澧上に別れ、十四年三月十一日夜微之に峡中に遇い、舟を夷陵に停め、三宿して別る。言の尽くさざる者は詩を以て之を終さんとす。因りて七言十七韻を賦し、以て贈る(下略)」(『白氏文集』巻十七)という長い題の詩、詩自体も七言十七韻三十四句の長大な詩からの引用です。ちなみにこの詩からは、「往時渺茫として都て夢に似たり／旧遊零落して半ば泉に帰す」の句が『和漢朗詠集』下・懐旧に採られていて(「旧遊」は昔の遊び仲間、「零落」「泉に帰す」は共に死亡の意)、この「酔ひの悲しび……」はそのすぐ次の句です。この詩は、江州司馬から忠州刺史に赴任途上の白居易と、通州司馬から虢州刺史に赴任途上の元稹とが、長江上流の峡谷の町夷陵で四年ぶりに再会して再び別れた時の詩ですから、源氏と宰相の中将の再会と別れという場面に、実にふさわしい引用なのです。しかし、そのようなことを当時のどれだけの読者が理解し得たのでしょうか。私は、このような白詩の引用は、文人や漢文学に造詣の深い貴族たちという、ごく限られた読者を想定したものだったのだろうと思うのです。そしてこのことは、『源氏物語』の基盤としての〈共同性〉の問題を考える際にも、記憶に留めておいてよいことだと思います。

■── 世に従う心

さて、「商山四皓」の故事を検討したところですでにのべましたように、須磨・明石流寓を経て帰京した源氏は、澪標巻で内大臣として執政することになりますが、それからさらに四年後の少女巻で、源氏は子息の夕霧を十二歳で元服させ、大学に入学させて漢文学を学ばせることにします。これは世間をあっと驚かせる措置でした。光源氏のように高貴で権勢もある家の子は、大学で学問などしなくとも、おのずから高い地位が保証されていたからです。この措置にとくに心を痛めていた夕霧の祖母の大宮に対して、源氏は以下のように説明します。権勢のある家の子に生まれて、親のおかげで何の苦労もなく高い地位につけるような者は、ともすれば学問を軽んじ、遊び戯れにふけりがちです。そして「時に従ふ世人」、時勢に迎合する世間の者たちは、内心ではこの軽薄な貴公子を軽蔑していても、表面では追従し、ご機嫌を取るものですから、当人もいつのまにか、自分が何かたいした者ででもあるかのように思い込んでしまうのです。しかし、庇護者であった親が亡くなるとか、時勢の変化とかで、権勢が失墜すると、とたんに世人たちは彼に対して軽侮をあらわにして彼から離れてゆき、彼は生きてゆく上で何のよりどころもないという状態になってしまいます。やはり、漢才（漢文学）を根本にしていてこそ、「大和魂」も世間から真に重んじられるものとなるのでございましょう（「なほ才を本としてこそ、大和魂の世に用ゐらるる方も強うはべらめ」）と（③二二頁）。

こんにち現存する文献のなかでは、これが「大和魂」という語の最も古い用例なのですが、以後の平安時代の文献からなお数例の用例を拾うことができ、それらの用例からすると、「大和魂」とは、原理・原則に縛られず、現実的に柔軟に事を処理してゆく知恵、才覚といった意味でした（ここで彼は、「大和魂」など無用だと言っているわけではありません。「大和魂」だけではだめだと言っているのです）。それはともかくとして、大宮に語ったこの源氏の言葉は、彼自身の体験に裏づけられたものであることに留意しなければなりません。賢木巻で桐壺院が崩御すると、除目の頃も源氏の門前はひっそりとしていたという話を思い出して下さい。「時に従ふ世人」の生態を、彼は見せつけられたわけです。

この賢木巻以後、物語は「時（世）に従ふ」者と「世になびかぬ」者とを描き分けてゆくのですが、ここで唐突ながら、物語第二帖の帚木巻に遡ってお話しなければなりません。帚木巻というと、その前半の

「雨夜の品定め」が有名ですが、その品定めの翌朝、紀伊の守という男の中川邸に方違えに訪れた源氏は、紀伊の守の父伊予の介の後妻である空蝉とゆくりなく一夜の契りを結びます（紀伊の守は伊予の介の先妻腹の子です）。不意の出来事であったその折は、彼女は源氏に身を許してしまったのですけれども、その後の源氏の再々の訪れからは、彼女は逃れ続けました。そんな彼女を源氏は、信濃の国は園原の里にあるという伝説の木、遠くからは見えるが近づくと消えてしまうという「帚木」に譬えた歌を詠むのですが（これがこの巻名の由来です）、その空蝉と源氏の仲介役をして源氏に可愛がられたのが、空蝉の弟の小君でした。

一方、源氏が須磨に退居する時、「世になびかぬ」者たちの中から、須磨に随行する供人を選んだのですが、その中に前の右近の将監という男がいます（将監は近衛府の三等官）。さて、澪標・蓬生・関屋と続くその関屋の巻で、次のようなことが語られます。空蝉の弟の小君は、今は衛門の佐（佐は衛門府の次官）となっているが、源氏の恩顧に与って出世できたのに、源氏が逆境に追い詰められていた頃、この男は世の聞こえを憚って、空蝉の夫が常陸の介に任ぜられたのに随行して、源氏から離れていった。それで源氏は衛門

の佐を信頼できない男だと内心では思っていたが、それは色にも出さず、なお親しい家人として遇していた。ただ、かつての紀伊の守（関屋巻では河内の守）の弟で、右近の将監を解官されて源氏の須磨退居に随行した者を格別に引き立てて昇進させたので、「それにぞ誰も思ひ知りて、などて少しも世に従ふ心を使ひけむ、など思ひ出でける」（②三六二頁）と。

先妻
＝常陸介（伊予介）＝空蝉
（先妻・常陸介の子）河内守（紀伊守）、前の右近将監
（空蝉の弟）衛門佐（小君）

系図

日記と物語をつなぐもの

みなさん、この「世に従ふ心」という言葉は、第2講で読んだ『紫式部日記』にも出て来たことを憶えておられますか？　そうです。彼女は、厭わしく思っていた宮仕えをする身となり、するといつしか宮仕えに順応して変わってゆくおのが心を凝視して、「世に従ふ心」と言っていましたね。彼女が『紫式部日記』を書いたのは、すでにこの関屋巻あたりを書いたあとだったかもしれませんが、人はけっしておのが心のままに生きることはできない、程度の差はあれ、世の中に随順して生きてゆかざるを得ない、そのことの余儀なさを知り尽くしていた作家だと思います。そしてそのように自己と他者を見つめる紫式部の孤心から『源氏物語』は紡ぎ出された。長編物語の結構に中国文学が生かされたとしても、この人間凝視なくして『源氏物語』は生まれ得なかっただろう。そのような意味で、この「世に従ふ心」という言葉には、紫式部の孤心と『源氏物語』との臍帯（さいたい）のようなものが感じられると思うのです。

第6講 平安時代の和歌
——言葉と〈共同性〉

高木和子

平安時代の物語や日記や和歌などを読む際に欠かせないのは、和歌の表現についての理解である。

当時の言葉は、「秋」と言えば人の心の「飽き」を連想するという具合に、言葉遊びともいえる連想があった。一つの言葉が一定の連想を抱え、類似した和歌の表現や物語の展開が、好んで繰り返されたのである。

こうした当時の共同体内部で共有された言語表現や発想を理解することが、平安文学を理解する際には必須と言えよう。

■共同体の表現——『枕草子』を手がかりに

平安時代の文学が時として、現代の私たちにとって難解に思われるのは、直訳しても、話の勘所がどこにあるかが、容易には理解できないからではないでしょうか。それは、当時の人々にとっては通念としてあった言葉や発想、すなわち〈共同性〉を、現代人の私たちが即座には共有できないところから生じる隔たりともいえましょうか。

こうした問題を考えるための一つの具体例として、『枕草子』「殿などのおはしまさで後、世の中に事出で来」段の一節を見てみましょう。比較的有名な章段ですからご存知の方も多いでしょうが、今日はこの箇所の解釈を手掛かりにして、平安時代の言葉や表現に見られる〈共同性〉についてお話しして参りますので、しばらくお付き合いください。

簡単に概略をご紹介しましょう。一条天皇の中宮であった藤原定子は、帝の格別な帝寵を受けていましたが、父藤原道隆が長徳元年（九九五）に没した後、一族（中関白家）は没落してしまいます。定子に女房として仕えていた清少納言は、道隆の弟で現在は政敵である藤原道長に内通していると噂になって、定子周辺の女房たちに白眼視され、実家に下がって出仕を慎んでいる日々でした。しかし定子は清少納言を案じて、出仕を促すべく使者を寄こします。（古文の本文は小学館新編日本古典文学全集によったが、一部表記を改めた。以下同様）

人づての仰せ書にはあらぬなめりと、胸つぶれてとく開けたれば、紙にはものも書かせたまはず、山吹の花びらただ一重を包ませたまへり。それに、「言はで思ふぞ」と書かせたまへる、いみじう、日ごろの絶え間嘆かれつる、みな慰めてうれしきに、長女もうちまもりて、「御前にはいかが、物の折ごとに思し出できこえさせたまふなるものを。誰もあやしき御長居とこそはべるめれ。などかは参らせたまはぬ」と言ひて、「ここなる所に、あからさまにまかりて参らむ」と言ひて、去ぬる後、御返事書きて参らせむとするに、この歌の本さらに忘れたり。

代筆の御文ではないようだと、動転してすぐに開けると、紙には何もお書きでなく、山吹の花びらをただ一枚お包みであった。それに「言はで思ふぞ」とお書きであった、なんとまあ、最近のご無沙汰を嘆かずにいられなかったのが、すっかり慰んで喜んでいたところ、使いの女もじっと様子を見て、「御前様にはこのところ、事あるごとにお思い出し申し上げになっていると聞きますのに。誰も皆、奇妙に長い里下がりだと思っているようです。どうして出仕なさらないのですか」と言って、「これこれの所に、ちょっと寄ってから参りますので」と言って立ち去った後、お返事を書いて差し上げようとしたところ、この歌の上の句が全く思い出せない。

下級の女官である長女に託して寄越された文には、山吹の花びら一枚に「言はで思ふぞ」と書いて包んでありました。古い和歌の一節でしたが、清少納言はこの歌の「本」、すなわち上の句を思い出すことができません。ここで話題の「言はで思ふ」の歌とは、

心には下ゆく水のわきかへり言はで思ふぞ言ふにまされる

（『古今六帖』第五・「いはで思ふ」二六四八番、本文は『新編国家大観』による）

というものです。心の奥底には、水が湧き返るほどの激しい思いを秘めているけれど、口に出さずにただ心に秘めて思っているのは、言葉にするよりももっと思いがまさるのだ、という意味です。定子の清少納言への心寄せは、周囲への慮りもあって、容易には口に出し難かったのでしょう。その中で、清少納言に対する深い情愛をひそやかに伝えようとした定子の心遣いに、清少納言はさぞ感動したことと思われます。

もっともこの話にはオチがついています。

「いとあやし。同じ古言（ふるごと）といひながら、知らぬ人やはある。ただここもとにおぼえながら言ひ出でられねば、いかにぞや」など言ふを聞きて、前にゐたるが、「「下（した）ゆく水」とこそ申せ」と言ひたる。などかく忘れつるならむ。これに教へらるるも、をかし。

「あら変だわ、古歌の中でもこの歌を知らない人がいるかしら。ただここまで出て来ているのに思い出せないなんて、どうしたものかしら」などと言うのを聞いて、前にいた者が、「「下ゆく水」と申します」と言った。どうしてこう忘れてしまったんだろうか、これに教えられたのも一興だ。

日頃は当意即妙な応答をして、定子やその周辺の人々の眼を見張らせていた清少納言が、今日に限っては定子の投げかけた古歌（こか）を咄嗟に思い出せず、自分に仕えている女童（めのわらわ）に教えられて苦笑するのです。さらにこのあと出仕した清少納言がその話を定子にすると、「あまりあなづる古ごと」、侮っている古歌についてはそんな度忘れすることもある、といって、関連の話題に移っていきます。

「言はで思ふ」の歌は、「同じ古言といひながら、知らぬ人やはある」とあって、女童でも知っていたわけですから、当時の人々にとっては常識的な歌だったのでしょう。定子からの格別のはからいの交信であるにもかかわらず、清少納言自身は引用された和歌を思い出せずに女童に教えられ、定子と一対一の情感の共有に、他者が割り込んだ形となっています。しかしそれを、清少納言は嫌がる風ではありません。平安朝の和歌のやりとりは、一対一の対話でありながら、同時にいくらか他者との共有を許す、開かれたものでもありました。このことは、第3講でくわしくお話ししたのでここでは深くは立ち入りませんが、端的にいえば、個人対個人のやりとりの背後に、それぞれに集団が控えていた、ということになるでしょう。

■歌の言葉の共同性——「山吹」と「クチナシ」

さてここでは、なぜ「山吹」の花びらに書かれた形で手紙が寄越されたかについて、少し考えておきましょう。まず、「山吹」と「クチナシ」の関係を知る必要があります。山吹は、晩春に黄色の可憐な花を付ける低木ですが、古来水辺に咲く花として知られます。

かはづ鳴く井出（ゐで）の山吹散りにけり花の盛り（さか）にあはましものを　（『古今集』春下・一二五番・読人知らず）

蛙の鳴く井出の山吹は散ってしまった、花の盛りに見たかったのに

京都の木津川の東岸の井出の地で、山吹の花の盛りに出会えなかったことを惜しんだ歌です。一方のクチナシは初夏に白い花を付ける低木で、その実を染料にして染めると赤黄色に仕上がり、「梔子色（くちなしいろ）」と言われました。それがちょうど山吹の花の色だというので、「山吹」と「クチナシ」は強く連想されたのです。そしてまた、「クチナシ」は「口無し」を掛けるところから、「無言」の意も連想されました。次の歌も有名で

す。

山吹の花色衣主や誰問へど答へずくちなしにして　（『古今集』誹諧歌・一〇一二番・素性法師）

「山吹の花の色の装束の持ち主は誰なのか、と聞いても答えない。山吹色は梔子の実で染めた色、つまり口無しだから」といった意となりましょうか。こうして、「山吹」↓「くちなし（梔子／口無し）」の連想は広く知られるようになりました。

平安時代の和歌の言葉は、しばしば特有の連想を抱えていました。「秋」といえば人の心の「飽き」を連想し、「火」といえば人の「思ひ」を連想させるといった具合に、しばしばその連想は掛詞の技法に支えられつつ、自然と人間との両者にあいわたる連想を形作りました。地名にまつわっては、「吉野」から「花」や「雪」を連想したように、現実の風景にいくらか根差した連想もあれば、「宇治」から「憂し」を連想するように、単なる言葉の語呂合わせもありました。総じて平安和歌の言葉は、現実の自然や風景の実態からかけ離れて、言葉の音の共通性や語呂合わせによって、連想を紡ぎ出す側面が強かったのです。「宇治」は「憂し」がすなわち現実だと言ったら、宇治の人たちに怒られますよね。

このように歌の表現が特定の連想力を持つところには、万葉集以来の和歌の伝統が関わっているのでしょうが、とりわけ古今集時代に、掛詞、縁語といった和歌の技法が定着することで、歌の言葉の記号性がいっそう鮮明になり、ひいては季語の源流となって今日まで残っているのです。これらの問題については、鈴木日出男『古代和歌史論』（東京大学出版会・一九九〇年）をご参照ください。

とはいえ、季語が今日どのくらい、世代を超えて意識され、共有されているのでしょうか。手紙も書かず、メールすら鬱陶しくなった若者の世代には、あるいは季語もすでに過去の遺物ではないでしょうか。それに比べれば、少なくとも平安時代の知識層にとっては、主だった歌の言葉の連想は、最低限の教養として共有されていました。そこに、言葉の〈共同性〉をたしかに見出せることでしょう。

個々の言葉がどのような連想を抱えていたかについては、たとえば、

・片桐洋一『歌ことば歌枕辞典』（角川書店、一九八三年／増訂版、笠間書院、一九九九年）

・久保田淳・馬場あき子『歌ことば歌枕大辞典』（角川書店、一九九九年）

などをご覧くだされば、和歌版の歳時記ともいえる世界を目にすることができるでしょう。

話を元に戻します。定子からの贈り物には、山吹の花びらに書かれていましたから、すでに「クチナシ（梔子／口無し）」を連想させるものとなっています。そこに「言はで思ふ」と書かれていたのですから、山吹の花びらと、そこに書かれた文言とは、いわば同義です。景物と文(ふみ)の関係は、たとえば「雪」を詠んだ歌を白い紙に書いて、白梅の枝に付けて贈る（『源氏物語』若菜上巻）といった具合に、全てを一体化させて一つの贈り物として仕立てるのが常でした。和歌は紙に書いて植物の枝に結んで贈るのが一般的ですが、その場合の紙の色は植物の色とあわせるのが基本です。すなわち、植物に直(じか)には書きにくいので、その代用として紙に書くということなのです。とすれば、山吹の花びらに書くという細かな芸当は、むしろ本来の消息の形だといえるかもしれません。あるいはこれを山吹の花びらを模した紙に書いたと考える説もあり、それもまた一つの可能性としてあり得るでしょう。

清少納言は、「人づての仰せ書にはあらぬなめり」と代筆の文ではないことに、「胸つぶれて」と動揺しています。通説的には、定子がそこまで人目を憚ったことへの動揺だと理解されていますが、のみならず、定子が自ら筆を取った贈り物への恐縮を読むべきでしょう。身分の高い側から目下の者へは、正式な和歌を詠

むのではなく、古歌の一節をほのめかすなどの形で目下の者の贈歌を促す恰好が取られました。『和泉式部日記』の冒頭で、冷泉天皇の皇子である敦道親王（帥宮）から和泉式部に橘の枝だけが遣わされ、「五月待つ花橘の香をかげば昔の人の袖の香ぞする（五月を待って咲く花橘の香をかぐといつも、昔馴染んだあの人の袖の香が思い出される）」（古今集・夏・一三九番）を暗示させることで、和泉式部からの詠歌を促した経緯などが参考になります。

「山吹」「クチナシ（梔子／口無し）」の連想や、その背後にある「言はでしのぶ」の歌や素性法師の歌など、いくつもの既存の和歌を前提とし、そしてまた当時の文のやりとりの作法を前提として、初めて成り立つ対話がここにはあります。このように、平安時代の人々の対話の質は、表面的な現代語訳によってだけでは理解が及ばない、同時代の知識人たちが暗黙裡に共有する通念を前提に成立しているといえましょう。そして時には同時代人の間であっても、一方のより高次の一種の謎かけの仕掛けに、受け手の理解が及ばなかったり、誤読されてあらぬ方に対話が転んだりすることもあったはずです。その誤読や錯誤、今風に言えばディスコミュニケーションを、彼らが「をこ」と呼んで笑いの種にしたことは、『源氏物語』の末摘花や源典侍や近江君の物語に象徴的なのです。

■──『大和物語』と『古今六帖』のあわい──「言はで思ふ」の上の句

さて、それではもう一度、話題を「言はで思ふ」に戻してみましょう。

清少納言はこの句の上の句が思い出せなかったとありましたけれども、そもそも上の句は特定の文言でなくてもよかったという可能性はないでしょうか。「言はで思ふぞ言ふにまされる」という下の句には、さまざまな上の句が付されて、いくらでも改作可能だったのであって、上の句はそもそも一つに固定的ではなかったという考え方です。

実はこの文言は、『大和物語』一五二段の発想の種になっています。こんな話です。

狩を好んだ帝が、陸奥国の磐手郡から献上された鷹が格別に優れていたので、またとないものと思し召して可愛がっておられた。「磐手」とお名づけになって鷹飼の道に精通した大納言に預けたところ、夜昼となく世話をしていたが、どうしたわけか逃がしてしまった。大納言は動転して、山に人を遣って探させ、自らも深い山に分け入って探し求めるが、いっこうに見つからない。帝に報告せずにおきたいところだが、帝は二日三日御覧にならない日もない。致し方ないと参内して、御鷹を逃がしてしまったと奏上したところ、帝は何も仰らない。お耳に入らないのかと、もう一度奏上したところ、大納言の顔をじっと御覧になるだけで、やはり物も仰らない——と続きます。

たいだいしとおぼしたるなりけりと、我にもあらぬ心地(ここち)して、かしこまりていますかりて、「この御鷹の、求むるに侍らぬことを、いかさまにかしはべらむ。などかおほせごともたまはぬ」と奏したまふ時に、帝、

いはで思ふぞいふにまされる

とのたまひけり。かくのみのたまはせて、こと事(ごと)ものたまはざりけり。御心にいといふかひなく、惜(を)しくおぼさるるになむありける。これをなむ、世の中の人、もとをばとかく付けける。もとはかくのみなむありける。

けしからんとお思いなのだと動転して恐縮して、「この御鷹が、探しても見つかりませんこと、いかが致しましょうか、どうして何も仰せではないのでしょうか」と申し上げると、帝は「いはで思ふぞいふにまさされる」とだけ仰って、もう何もおっしゃらなかった。ご心中、言葉にならないほどに残念にお思いであった。これを世間の人が上の句をあれこれと付けたが、本来はこれだけだった、という内容です。

鷹を逃がして叱責されると覚悟した大納言が、帝の前で恐縮する姿が目に浮かぶようですね。この話が「いはで思ふぞいふにまさされる」という帝の痛恨の一言に着地することを狙って、「磐手」の郡から献上された鷹という設定がなされたことには、すぐにお気づきでしょう。このような場合、磐手から鷹が献上されていたかどうかの実態を云々するより、「磐手―言はで」の言葉遊びが優先されている、と考えられます。

さて問題は、物語の結末部に「これをなむ、世の中の人、もとをばとかく付けける。もとはかくのみなむありける」とあることです。元来は下の句だけだったのに、世間の人があれこれ上の句を自由に創作したというのです。もしこの通りだとすると、先の清少納言が上の句が思い出せなかったことの、一つの説明になるはずです。

この時代の和歌には、類句ともいえる似た言い回しが多く用いられていました。歌が日常に根付いていた時代、一回的な芸術性を極める和歌が創られる一方で、誰もが知っている平易な和歌は、多少の改変を加えて日常的に流用されたのでしょう。『大和物語』一五二段の語り口に従えば、この句は上の句を自在に改変させながら人口に膾炙したのだということになります。

ただし、この『大和物語』の本来下の句だけだったという文言を、単純に信じてよいかどうかはわかりません。こうした文言は、一種の〈語源譚〉の体を整えるために、物語の末尾に添えられた定型句だとも考えられます。たとえば『竹取物語』の末尾には「富士山」の名の由来について、「士（つはもの）どもあまた具して山へのぼりけるよりなむ、その山を「ふじの山」と名づけける」と説明していますが、これを実話と思った読者は、おそらく当時とてもいなかったでしょう。

この歌が採録される『古今六帖』は、十世紀の後半に編纂された歌集です。項目別に和歌が収集されており、いわば当時の和歌作成の手引書ともいえる集大成ぶりです。その第五帖には、さまざまな恋の情況を項目として立て、それぞれの状況に見合った和歌が集められています。「いはで思ふ」という項には、次の六首が採録されています。

心には下ゆく水のわきかへりいはで思ふぞいふにまされる　（二六四八番）

心の底には水脈が底流するように激情が湧き返っている。言葉にしないで想うのは、言葉にすることに勝っている

逢坂の関に流るるいはしみづいはでしもこそ恋しかりけれ　（二六四九番）

逢坂の関に流れる石清水（いは）のように、「いは」ないで、言葉にせず想うことこそ、恋しさが募るものだ

漕ぎ離れ浦漕ぐ舟の帆にあげていはでしもこそかなしかりけれ　（二六五〇番）

港を漕ぎ離れて浦を漕ぐ舟が帆に上げて、言葉にしないで想うことこそ切ないものよ

ことにいでていはぬばかりぞ水無瀬川（みなせがは）下に通ひて恋しきものを　（二六五一番・友則）

言葉に出して言わないだけです、水無瀬川の底では想いが通って恋しいのに

ことにいでていはばいみじみ山川のたぎつ心をせきぞかねつる　（二六五二番・人丸）

言葉に出して言うと格別なので。山の川が湧き上がるようにせき上げる我が心底の想いは到底堰き止めることはできない

見し夢の思ひいでらるる宵ごとにいはぬを知るは涙なりけり
（二六五三番・伊勢）

かつて見た夢が思い出される宵、その度ごとに、言葉にせずに堪えていることを知っているのは、我が涙だけだった

この六首はそれぞれに忍ぶ恋を歌っていますが、「いはで思ふ」という項目名と完全に合致した語句が歌中に含まれるのは、実は冒頭の一首だけなのです。これは何を意味するのでしょうか。

「いはで思ふぞいふにまされる」は、どんな上の句を付けても、歌として成立しそうな気がします。実際、日常の恋の贈答などで流用しやすかったことでしょう。その一方、「心には下行く水のわきかへり」という上の句からの続き具合は、「いは（言は／岩）」の掛詞で結ばれ、妨げとなる岩にぶつかりながらも流れ続ける水の勢いに、内心の激情を喩えていて、まことに座りもよく、やはり著名な古歌として定着していたのではないでしょうか。少なくともこれに並べて『古今六帖』に採録するに値するほど、著名で揺るぎない、「……いはで思ふぞいふにまされる」の歌は無かったと考えてよさそうです。

というのは、二首目と三首目とは「いはでしもこそ恋しかりけれ」「いはでしもこそかなしかりけれ」と下の句が酷似しており、四首目と五首目とは「ことにいでていはぬばかりぞ」「ことにいでていはばいみじみ」と近似した上の句を抱えた歌を並べています。もし「いはで思ふぞいふにまされる」を下の句とする別の有名な歌があったのなら、第一首目と並んで掲げるのが自然でしょう。「いはで思ふ」の歌としては、次のように、

いはで思ふ心ありその浜風（はまかぜ）に立つ白波（しらなみ）のよるぞわびしき
（『後撰集』恋二・六八九番・読人知らず）

言葉にしないで想う気持ちがある、その荒磯の浜風によって波立つ白浪が岸に寄るのがわびしいことだ

世の中に知られぬ山に身投ぐとも谷の心やいはで思はむ
（『後撰集』雑二・一一六四番・もとの男）

世の中で知られない山に身を投げるとしても、谷は内心では言葉にしないで想っているのではなかろうか

今日からは草木なりともうれしとはこの秋よりはいはで思はむ
（『躬恒集』四五九番）

今日からは草木であるとしても嬉しいということは、この秋からは言葉にしないでただ心に秘めて想おう

吉野川そこの岩波いはでのみ苦しや人をいはで思ふよ
（『源順集』四三番）

吉野川の、底の岩波は言わないでいるばかりで、苦しいことにも、人を言わないで想っているのは

心をばそめて久しくなりぬれどいはで思ふぞくちなしにして
（『重之集』五一番）

心を染めて久しく時が経ったけれど、言葉にしないで想う、口が無いのだから

こととはぬ草木なれどもうれしとやこの秋よりはいはで思ふらん
（『古今六帖』第六・「木」・四〇二五番・躬恒）

言葉にして問わない草木ではあるけれど、嬉しいとこの秋からは、言葉にしないで想っているのだろうか

などと多くの例がありますが、いずれも「いはで思ふぞいふにまされる」そのままの形ではありません。むしろ、『古今六帖』「いはで思ふ」の項目内の六首は、「いは（言は／岩）」の掛詞の連想で結ばれて、堰くに堰きかねる思いを水や涙など流れるものに喩えた歌が集められており、「いはしみずいはで」（二六四九番）、「いでていはぬ」（二六五一・二六五二番）など、「いは」や「い」の音の反復を特徴としているのです。

ではいま一度『枕草子』に戻りましょう。清少納言が「同じ古言といひながら、知らぬ人やはある。ただここもとにおぼえながら言ひ出でられねば、いかにぞや」と、周知の古歌の上の句を度忘れしたという話を

字義通りに受けとめれば、たしかに「下行く水」の上の句を忘れて女童に教えられたという、やや微笑ましい風情と読めます。この上の句は、水辺の花としての連想が定着していた「山吹」とも相性が良いですし、この章段は周知の表現を知る知らぬといった話題が続きますから、最も穏当な解釈ではあります。

とはいえ清少納言が『古今六帖』を熟知して『枕草子』の題材にしていたことは、『古今六帖』の「虫」の項と『枕草子』「虫は」の段の近接などからもうかがえます。清少納言は、本当に忘れていたのでしょうか。あるいはより可変的だという『大和物語』一五二段や、もろもろの類歌を思い浮かべながら、定子の「言はで思ふ」との文(ふみ)の意図を探り、それにふさわしい〈贈歌〉を思案していたのではないでしょうか。そしてもしかすると、

物も言はでながめてぞふる山吹の花に心ぞうつろひぬらん　（『拾遺集』春・七〇番）

物も言わないで、物思いにふけって時を過ごしていると、山吹の花に自然と心が移っているのだろう

という父の清原元輔の歌に思いを馳せてはいなかったでしょうか。成立年未詳の屏風歌ですが、元輔は永祚二年（九九〇）に没していますから、この章段以前であることは間違いありません。定子が元輔歌を知っていて贈ってきたかもしれないと、清少納言が思案していたとしたらどうでしょうか。度忘れは偽装であって、実際は詠作の逡巡の過程であり、「下行く水」と一義的に応えた女童の言葉にハッと我に返った、そんな韜晦を読み取ることはできないでしょうか。そして再び出仕した折に、度忘れの失態を自ら進んで定子に語って慰められるという後続の逸話の情況を、巧みに引き出しただけかもしれないのです。

古典文学に接する場合、たとえば現代語訳を読むだけで充分にその面白さや風情を感じ取ることができる

ような作品もあります。『源氏物語』はその最たるものだと言えましょう。現代語訳でも外国語訳でも、一定の読者を獲得できるのは、そこに文化の差異を超えた普遍的な人間の営みの何らかが、汲み取れるからに相違ありません。その一方で、より深く研究の対象とする場合、歴史や風俗や言葉といった、当時の作者と読者の間に暗黙に共有されていた通念としての〈共同性〉の側に、現代の読者が努力して寄り添っていくことも必要です。そしてまた、そうした〈共同性〉の場に参加しなければ、面白さに接近できない古典文学も少なからずあって、『枕草子』はその典型だといえましょう。

しかし仮に、いくらテクスト成立の時代に誠実に寄り添ったとしても、テクストの読み方は一義には定まらないものなのです。なぜなら、生身の人間がしばしば自らの内面を糊塗して演技するのと同様、テクストは読者の前でさまざまな〈偽装〉をするからです。それをどのように字義通りに受けとめ、どのように深読みをするのかは、常にテクストと読者との感性の闘いであり続けます。あえて言えば、その関係性によって流動する余地が大きいほど〈文学的〉なのだと言っても、過言ではないと思われるのです。

■――古歌と物語の相互運動

最後に少しだけ補足しておきましょう。「言はで思ふ」が、知らぬ人のないほどの著名な古歌になったところには、『大和物語』の磐手の鷹の話が介在していると考えるのが自然です。これは和歌と歌物語の間にしばしば見られる現象です。

たとえば、『古今集』仮名序に「手習ふ人の初めにもしける」とされる、

安積山かげさへ見ゆる山の井の浅くは人を思ふものかは
安積山の姿までも水に映って見えるほど山の湧水が浅いように、浅い気持ちで人を想うことがあろうか、いやない

この歌は、『万葉集』巻一六や『古今集』仮名序では、陸奥国に遣わされた葛城王が、国司の接待の手抜きに不機嫌になったところ、後宮の女官、采女だった女が詠んだ歌とされています。一方で、『大和物語』一五五段では別の話になっています。いずれは入内させる予定だった大納言の愛娘に、警護の役人である内舎人が想いを募らせて、ついに連れ出して陸奥国の安積山まで逃げ、二人で山中に暮らすものの、食料を求めに出た男の不在が長引くなか、女が男を想って死ぬ際の歌とされているのです。おそらくは、『万葉集』や『古今集』仮名序の語る成立事情の方が、事実かどうかは別として古い形なのでしょう。

ともあれ、著名な古歌が印象的な物語あるいは説話に支えられて人々によく知られているからこそ、より印象的な新たな物語を生み、その物語が広まると同時に歌自体もいっそう著名な歌として定着していく、という関係が、ここには見て取れるのです。すなわち、どちらが先ともわからぬままに相互に働き合って和歌と物語との双方が著名になり、双方が〈共同性〉を獲得しつつ、さらに新たな歌や物語を生んでいくという、相互的生成の運動がうかがえるのです。

『枕草子』の一章段を足掛かりに、平安時代の人々が通念として共有していた、言葉の共同性についてお話ししました。

第7講

浪人の連帯感

――『西鶴諸国ばなし』に見る〈共同性〉

長島弘明

十七世紀末、西鶴が書き始めた「浮世草子」は、
江戸時代の人々の生活の有様や人情の機微をきわめてリアルに描く、
同時代性あふれる小説である。
個人への共同体の干渉が大きかった時代に生きた人々の姿を、
町人・武士の階級の違いを問わず、西鶴は、
「義理」や「一分(いちぶん)」(面子(めんつ))という言葉を用いて、くり返し描いている。
江戸時代の人々にとって〈共同性〉とは何か、それを西鶴の小説を読みながら考えていこう。

三人目にありし男、十面（渋面）つくつて物をもいはざりしが、膝立なをし、「浮世には、かゝる難儀もあるものかな。それがしは身ふるう迄もなし。金子一両持合すこそ因果なれ。思ひもよらぬ事に一命を捨る」と、おもひ切て申せば、一座口を揃へて、「こなたにかぎらず、あさましき身なればとて、小判一両持まじき物にもあらず」と申。

三人目に座っていた男は、しかめっ面をして何も言わなかったが、膝を立ててきちんと座り直し、「この世には、こうした災難もあるものだなあ。私は着物を振るってみるまでもない。金一両をたまたま持ち合わせているのが、この身の因果だ。思いも寄らないことで命を落とすことになった」と、決意を固めて言うと、一座の者は口を揃えて、「そなたに限らず、落ちぶれた身の上だからといって、小判一両を持っていないとは限らない」と言った。

■『西鶴諸国ばなし』

西鶴の小説『西鶴諸国ばなし』巻一の三「大晦日はあはぬ算用」の一節です。浪人仲間の忘年会の座中で小判一枚が無くなり、身の潔白を証明するためにめいめい着物を脱いで振るってみせることになりましたが、その三人目の男は、不運なことに、その日たまたま小判一枚を持ち合わせていたという箇所です。話がこの後どう展開していくかについては、追々ふれるとして、まずは、この話を収める『西鶴諸国ばなし』について説明しておきましょう。

『西鶴諸国ばなし』は貞享二年（一六八五）正月に刊行された、五巻五冊、全三十五話から成る短編小説集です。日本全国の怪談奇談を集めた作品です。西鶴が書いたたくさんの小説は、題材によって、「好色物」

「武家物」「町人物」などにそれぞれ分類されることがありますが、この作品は、続篇に当たる『懐硯』とともに「説話物」とでも呼ぶのが適当でしょう。「諸国咄」(「諸国噺」「諸国話」とも表記しますし、また「諸国物語」とも言います)というのは、江戸時代の怪談小説の一形式で、諸国を行脚するお坊さんなどが、各地で実際に見聞した怪談・奇談を書き留めたもの、あるいはそのお坊さんから話を聞いた人が書き留めたもの、という意味です。したがって、「西鶴諸国ばなし」という題名は、西鶴作の、あるいは西鶴が語る、日本全国の怪談・奇談と言うほどの意味です。実際、『西鶴諸国ばなし』には、若い娘を要求する妖怪めいた傘や、女に化けて男の元に通う女狐、空中を飛行する老婆の首など、様々な怪異が描かれていますが、この「大晦日はあはぬ算用」には、そういう種類の怪異はまったく描かれていないという事だけは言っておきましょう。

『西鶴諸国ばなし』の序文

そもそも西鶴が怪談・奇談についてどう考えていたか、化物や怪事についてどう考えていたか、『西鶴諸国ばなし』の序文に端的に表れているように思えますので、その序文から見ていきたいと思います。

世間の広き事、国々を見めぐりて、はなしの種をもとめぬ。熊野の奥には、湯の中にひれふる魚有。筑前の国には、ひとつをさし荷ひの大蕪有。豊後の大竹は手桶となり、わかさの国に、弐百余歳のしろびくにのすめり。近江の国堅田に、七尺五寸の大女房も有。丹波に、一丈弐尺のから鮭の宮あり。松前に、百間つゞきの荒和布有。阿波の鳴戸に、竜女のかけ硯あり。加賀のしら山に、ゑんまわうの巾着もあり。信濃の寝覚の床に、浦島が火うち筥あり。かまくらに、頼朝のこづかひ帳有。都の嵯峨に、四十一迄大振袖の女あり。

是をおもふに、人はばけもの、世にない物はなし。

世間の広いことといったら……。そこで諸国を見めぐって、話の種を求めてみた。そうすると……。

紀州の熊野の山奥には、湯の中で泳ぐ魚がいる。筑前の国（福岡県）には、一つを二人で担ぐ大蕪がある。豊後（大分県）の大竹はそのまま手桶となり、若狭の国（福井県）には二百歳を越えた白比丘尼（人魚の肉を食べて不老不死となった老女）が住んでいる。近江の国（滋賀県）の堅田には、身長が七尺五寸（二二七センチ余り）の大女もいる。丹波（京都府）には、一丈二尺（三・六メートル余り）の干した鮭をまつった神社がある。松前（北海道）には長さ百間（一八〇メートル）に及ぶ荒布（昆布の思い違いか）がある。阿波の鳴戸には、竜女の硯箱（筆や硯の他、小銭なども入れる箱）がある。加賀（石川県）の白山には、閻魔大王の財布もある。信濃（長野県）の寝覚の床には、浦島太郎が使った火打ち箱（火を付ける道具を入れる箱）がある。鎌倉には、源頼朝の小遣い帳がある。そして京都の嵯峨には、何と四十一歳になっても、まだ少女の着る大振り袖を着て客引きをしている女がいる。

これを思うと、まこと人間は化物である。世の中には何でもあり得るのである。

いかにも西鶴らしい文章です。怪談・奇談の話の種になるような物が列挙されていますが、最初の湯の中で泳ぐ魚から長さ百間の荒布あたりまでは、一見そんなものはなさそうながら、実は実在するものが並べられています。その次の竜女の硯箱から浦島太郎の火打ち箱までは、竜女、閻魔大王、浦島太郎と伝説中の者たちを挙げ、それらの者の硯箱だの財布だの火打ち箱だの、ありえないような小物を出して、笑いを誘っています。その次の源頼朝の小遣い帳もありえないものですが、ここで初めて、歴史上の人物ながら、頼朝という実在の人物が挙げられているところが注意されます。そしてその後に、当時、嵯峨に実在した愛宕山参詣者用の宿屋の客引き女が、年増でも娘のなりをしていたことを踏まえて、四十一歳にもなって大振り袖を着ている女を出しているわけです。今まで列挙してきたもののように、世の中には色々不思議なものがあるが、その最たる者はこの女だというのでしょう。人間は何でもやる、何にでもなる。化物はどこかと捜していたら、ほかでもない、化物は人間だったという発見です。

そして西鶴の怪談集である『西鶴諸国ばなし』には、それまでの怪談集が、恐ろしげな妖怪や幽霊を描くことに力を注いでいるのとは異なって、明らかに人間という「化物」――言い換えれば、不可思議な存在としての人間の描写に焦点をあてています。例えば、巻一の四の「傘（からかさ）の御託宣」は、紀州のある寺から大風に吹き上げられて、肥後（熊本県）の山中の村に落ちましたが、この村の人間は、昔から外界との交わりを断っていたために傘を見たことがなく、これを神様だと勘違いしてあがめたところ、傘もその気になって「性根（しょうね）」が入り、ついには村の未婚の娘を差し出せと御託宣を垂れるに及びます。男性性器に似た、傘の異な形に娘たちは涙を流して嫌がりますが、好色な後家が自ら身代わりになることを申し出ます。ところが、一晩たっても何事も起こらず、怒った後家は、傘を破り捨ててしまう。そういう話になっています。傘の妖怪も、後家の好色の前にたじたじというわけです。化物よりもなお恐ろしい化物は、人間であったということでしょう。化物としての人間、あるいは人間の化物性をえぐり出

図1　芳賀一晶画「浪華西鶴翁」（個人蔵）
（日本古典文学全集（旧版）『井原西鶴集（1）』小学館，1971年）

すことが、西鶴小説のモチーフであったといっても過言ではないでしょう。

■『武家義理物語』の序文

さて、その化物としての人間の本質を西鶴はどう見ていたか。参考になるのが、『西鶴諸国ばなし』の三年後、貞享五年（一六八八）二月に刊行された『武家義理物語』の序文です。『武家義理物語』は、その前年に出た『武道伝来記』などとともに、西鶴が属する町人階級とは全く違う、武士階級の倫理や論理を描いた武家物に分類されます。その序文には、こう書かれています。

> それ人間の一心、万人ともに替れる事なし。長剣させば武士、烏帽子をかづけば神主、黒衣を着すれば出家、鍬を握れば百性、手斧つかひて職人、十露盤をきて商人をあらはせり。其家業、面々一大事をしるべし。弓馬は侍の役目たり。自然のために、知行をあたへ置れし主命を忘れ、時の喧嘩・口論、自分の事に一命を捨るは、まことある武の道にはあらず。義理に身を果せるは、至極の所、古今その物がたりを聞つたへて、其類を是に集る物ならし。

そもそも人間の心は、万人ともに変わることはない。太刀をさせば武士、烏帽子をかぶれば神主、墨染めの衣を着れば坊主、鍬を握れば百姓、手斧を使えば職人、算盤をはじけば商人であることが自ずとわかる。それぞれの家業は大事だということを、各自知らなくてはいけない。武芸は武士の役目である。万一の時のために、禄を与えてくださっている主君の命令を忘れ、一時の喧嘩や口論のような、私事のために命を捨てるのは、誠のある武士の道ではない。義理に一身をささげるのが、武士の最上のあり方であるが、古今のそうした話を聞き伝えて、それらをここに集めたものである。

人間の心は本来一つではあるものの、武士の家に生まれ、武士として必要な技芸を身につけるうちに、――すなわち、家業として武士を継いでいるうちに、武士となるということが言われています。さらに言えば、武士となるだけでなく、武士の「心」を持つようになるのです。

江戸時代は厳然たる階級社会で、士農工商の別は、――特に、「士」と「農工商」の区別はほとんど絶対でした。そして、士農工商などという階級は、もちろん家業の継承ということからすると、先天的なものであるように見えますが、西鶴に言わせれば、刀を差せば武士、烏帽子をかぶれば神主……というように、それぞれのユニフォームを着て見よう見まねで修行すれば、武士にも百姓にも職人にも商人にもなれるということですから、実は後天的なものであるということができます。

階級が後天的なものであるならば、その階級に固有だと考えられている倫理、――例えば、武士における武士道も、実は後天的なものであるということになります。そしてこれは武士階級における武士道だけではなく、他の階級についても同様で、江戸時代の倫理は階級に従って細分化されており、商人には商人の、職人には職人の倫理があるのです。江戸時代には、万人に共通する倫理というものはありません。それが言い過ぎなら、万人に共通する倫理よりも、その階級の倫理がはるかに優先されます。さらに言えば、階級ごとからさらに進んで、職業別、職種による倫理があるとさえ言うことができます。同じ商人でも、両替屋と八百屋、遊女屋では、その倫理が違うのです。

その階級（場合によってはその職種）の倫理は、他の階級からは理解不能であることもしばしばです。「一分（いちぶん）」（面子（めんつ）・面目）を立てるために、一命を捨てることさえいとわない武士は、町人にとっては、理解を超えたある種の「化物」ですが、その「化物」の心情に分け入るようにして、「化物」が抱く思想や論理を具体的に描いているのが、他ならない西鶴の武家物です。

『武家義理物語』の序文でもう一つ注意しておくことがあります。それは私闘・私怨のために命を捨てるのは武士道に叶ったことではなく、主君の命令に従い、義理を果たすのが武士の道だと言っていることです。私闘・私怨で命を捨てる武士の姿は、西鶴が敵討ちの話を揃えた『武道伝来記』の中で描いた、一昔、二昔前の、まだ戦国の世の殺伐とした雰囲気を残した近世初期の武士の姿に他なりません。きっかけは実にささいなことですが、武士としての面目を守るためにすぐに刀を抜き、命のやり取りをする、そういう武士の姿と、その時代の武士道が、『武道伝来記』には描かれています。西鶴の時代になると、同じ武士道と言っても、新時代の思想である儒教の影響を受けた新しい武士道に徐々に変わってきています。儒教が宣揚する、主君への忠義を至上とする武士道です。西鶴が『武家義理物語』の序文で言っているのは、この新しい武士道です。万一、武力が必要とされる時のために、武士は主君から俸禄をもらっているのだから、主君の命令を最優先するのは当然という考え方です。主君と配下の武士は、履行すべき職務と給与で結ばれていると考えるわけですから、一種の職業上の契約関係とする考え方といっていいかもしれません。職業としての武士、職業的武士観です。

■――「大晦日はあはぬ算用」

さて、以上を踏まえて、『西鶴諸国ばなし』巻一の三「大晦日はあはぬ算用」の話に再び戻ります。まず、改めて梗概を述べておきます。

原田内助という貧乏浪人が、妻の兄から年越しの金十両を援助されます。そこで、幸運のお裾分けという所でしょう、七人の浪人仲間を年越しの宴に客として呼びました。宴会の途中、小判十両を客に見せますが、宴の終わりに確認した所、一両足りず九両しかありません。内助は、自分が支払いに一両使ったことを忘れていたのだと言い、その場を静めようとしましたが、客たちは納得せず、めいめい着物を脱いで身の潔白を証明しようということになります。そして、運悪くその時に小判一枚をもっていた三人目の男に順番が回ってきたところが、冒頭に掲げた原文の箇所です。この三人目の男は、こうなっては自分は自害する、しかしこの金は自分の小柄（こづか）（小刀）を売った金だから、自分が死んだ後で確かめてほしい、といいます。その時、行灯の陰から誰かがここにあったと、小判一枚を投げ出しますが、さらに内助の妻が、重箱の蓋に張り付いていたといって、もう一枚を台所から持って来ます。都合小判は十一両となり、行灯の陰から投げられた小判は、誰かが三番目の男を救おうと投げ出した物に違いないので、その人に返したいと内助は言いますが、だれも名乗り出ません。そこで内助は、庭の手水鉢の上に、小判を入れた升を置き、この金を出した人は持ち帰ってほしいと、客を一人ずつ帰し、その都度戸を閉めました。最後の客が帰った後、内助が見ると、誰とも知らず小判は持

図 2 『西鶴諸国ばなし』巻一の三の挿絵（東京大学総合図書館霞亭文庫蔵）
（新日本古典文学大系 76『好色二代男　西鶴諸国ばなし　本朝二十不孝』岩波書店，1991 年，274-275 頁）

ち帰られていた、という話です。最後は、

あるじの即座の分別、座なれたる客のしこなし、彼是（かれこれ）武士のつきあい、格別ぞかし。

主人の即座の機転、座慣れした客たちの振る舞い、あれといいこれといい、武士の交際というのは、格別にすばらしいものである。

と結ばれます。

浪人とはいえ、彼らは武士階級に属します。ですから、この話は、武士階級の話であるということができるのですが、一方、やはり浪人は仕官している武士とは違った存在で、武士の中でも特異な浪人の話だということもできます。それでは浪人とは、武士の中でどういう存在なのでしょうか。

貧乏浪人

当たり前ですが、俸禄のない浪人は貧窮に迫られているのが常です。この話の原田内助ももちろんそうで、正月を迎えようというのに髭も剃らず、「朝（あした）の薪（たきぎ）にことをかき、夕（ゆふべ）の油火をも見ず」という具合です。従って、年末に米屋の若い者が掛け取り（ツケの回収）に来ても、刀に手を掛けて、「春迄（まで）待といふに、是非にまたぬか」（春まで待てというのに、どうしても待てないのか）といって睨みつける始末。ゆすりたかりまがいの行為をする貧乏浪人の姿は、江戸時代の小説や歌舞伎でおなじみですが、金を払わず刀で脅すこの内助も、ほとんどその同類という所でしょうか。

医者をやっている女房の兄に対しては、プライドを捨ててでしょう、度々無心をしていますが、今回も年越しの金を無心します。義兄も度々は迷惑と思いながらも、放ってはおけないと十両の援助に応じてくれます。この義兄も、小判十枚の上包みに、薬の袋を真似て、「ひんびやう（貧病）の妙薬、金用丸、よろづによし」と書いて寄越すような洒脱な人物ですが、義兄との関係が、ともかくも断絶していないのは、内助が義兄に対しては最低限の礼儀を守っているということでしょう。

金が手に入った内助は喜び、日頃特に懇意にしている七人の貧乏浪人仲間に酒を馳走しようと呼びに遣わします。幸運のささやかなお裾分けというつもりでしょう。貧乏浪人の大晦日の忘年会です。集まった浪人たちは次のように描かれています。

いづれも紙子(かみこ)の袖をつらね、時ならぬ一重羽織(ひとへばをり)、どこやらむかしを忘れず。常の礼義すぎてから、亭主罷出て(まかりいで)、

みなみな紙子を着、時期はずれの一重の羽織を着てはいるが、どこやら、昔仕官していたころの面影が残っている。通例の挨拶がすんでから、亭主の内助があらためて出てきて、

全員、安価な防寒着の紙子を着ている、文字通りの「紙子浪人」です。真冬なのに、羽織も裏地が付かない夏羽織です。貧乏たらしく、滑稽な身なりと言うべきでしょう。しかし、にもかかわらず、そんな季節違いの古羽織を着て、精一杯礼装を整えようとする浪人たちの姿は、切なくいじらしく感動的ですらあります。かつて武士であった、否、今は浪人しているが、依然として自分は武士なのだというギリギリの矜持が透けて見えます。

この辺り、浪人たちの強い連帯意識と、貧乏しても互いに礼節を尽くしあう心意気がにじみ出ているように思います。金のない原田内助にとって、折角融通してもらった十両は、何物にも代えがたい物だったでしょう。そのうちのいくばくかを割いて、内助は酒宴を催し、仲間を招待したわけです。また、客の七人の浪人も、内助を妬むでもなく、招待に応じています。浪人とは、いわば主君を失った身の上の侍です。先ほど、『武家義理物語』の序文で見たように、西鶴の時代の新しい武士道は、主君に忠義を尽くすことに至上の意義を認めていましたが、彼ら浪人は、忠義を尽くすべき主君を持っていないのです。とすれば、彼らは武士道に身を捧げることができない、武士道から疎外された存在であるとも言えます。士農工商の最上位だと威張っていても、武士は食わねど高楊枝(たかようじ)と息んでみても、日々の糧さえない窮状では、その誇りは今にもくじけそうになっているはずです。その中で、同じ境遇の仲間が時々顔を合わせることが、互いに心の支えにもなるのでしょう。同じように志を得ない者たちの、嫉妬に落ち入ることのない連帯感。それこそが、彼らが武士であることの、また武士の義理を忘れないことの証しと言えます。

■――紛失した一両

宴会の途中で、内助が、義兄が洒落た言葉を書きつけた小判の上包みを見せます。皆も、「さてもかる口なる御事」(さてさてうまい洒落だ)と感心しながら回覧します。杯も重なり、宴も長時間に及び、よい年忘れができたと、酒宴を終えようとした時、すでに先に梗概にも書きましたが、十両のうち小判一両がないことに気付くのです。これは自分の記憶違いだと言い、事を穏便に収めようとする内助の振る舞いは、ことさら堪忍を重んじる武士らしい配慮でしょう。しかしその後、皆が着物を脱いで金を盗んでいないことを証明しようということになり、一人目二人目は無事に済みますが、三人目に至って問題が起きたのでした。これもくり返しになりますが、それが冒頭に掲げた、「三人目にありし男」から始まる原文です。男は不運にも、たまたま小判一枚を持ち合わせており、それを皆の前で明かします。大事なのは男の言葉の中に、「思ひもよらぬ事に一命を捨る」とあることで、疑わしい立場に立ってしまった男は、この時点で死ぬ覚悟をしている――というよりは、死ぬことを決心していることです。また、その男の決心をすぐに見て取って、他の浪人たちが口を揃えて、「こなたにかぎらず、あさましき身なればとて、小判一両持まじき物にもあらず」と言っている点です。「お前だけではない。同じく貧窮にあえいでいる俺だって、小判一両くらい持っていることもあるさ」という共感です。三人目の男に、他の浪人たちは、まざまざと自分の姿を重ねて見ているのです。あれは自分なのだ、ということです。それは恐らく、連帯という以上の感覚です。

これも梗概で述べましたが、三番目の男が、これは自分の小柄を売った金であると、事情を述べるやいなや自害しようとした時、行灯の陰から自分の金を投げた者がいますが、この金を投げた男にとっても、かけがえなく貴重であるはずの小判を投げ出したのは、この連帯以上の感覚がさせた行為だということでしょう。

ところが、実は紛失した小判は重箱の蓋にくっついて台所に行っていたもので、この投げられた小判が浪人のうちの誰かの金だと明らかになった後、本人に返そうとしますが誰も自分のものだとは言いません。もちろん、名乗り出れば、人知れず人を救う陰徳ではなく、賞賛を浴びるためのあからさまな善行となってしまうからです。これも名利を求めることはしない、いかにも武士らしい判断といっていいでしょう。

すなわちこの一両の紛失をめぐる場面では、事を収めようとした主人の内助も、責任を取って自刃しようとした三番目の男も、密かに金を投げ出した男も、立場は異なりながらも、それぞれ武士にふさわしい振舞いをしているわけです。

■ 西鶴は間違ったのか？

この話について、話の作り方がおかしいのではないか、西鶴が間違ったのではないか、という批判もあり得るかもしれません。

まず、たまたま金を持ち合わせたために自害しようとした三人目の男ですが、冒頭に掲げた原文の後に続く部分でこう言っています。

「いかにも、此金子の出所は、私持きたりたる徳乗の小柄、唐物屋十左衛門かたへ、一両弐歩に、昨日売候事、まぎれはなけれども、折ふしわるし。つね〴〵語合せたるよしみには、生害におよびし跡にて、御尋ねあそばし、かばねの恥を、せめては頼む」

「いかにも、この金の出所は、私がずっと所持してきた後藤徳乗作の小柄を、唐物屋十左衛門に、金一両二歩で昨日売ったことに間違いないが、何せタイミングが悪い。常日頃から懇意にしていただいたよしみで、私が自害した後で、お調べ下さり、死後に残った恥辱を、せめてすすいでくれるように頼む」

これが本当なら、少しだけ時間をとり、すぐに唐物屋十左衛門の店に誰か行って先方をたたき起こし（あるいは今からは深夜で無理ならば、翌日に改めて行って）、確かめればそれですむのではないか。なぜ一日が待てないのだ。それをここで即座に自害するなどと男に言わせているのは、西鶴の勇み足ではないか、そういう批判です。

もちろん、今の時代の我々はそう考えるのが当然ですし、ひょっとすると、西鶴の時代の人間でも、町人は普通にはそう考えたでしょう。でもそれは、武士にとってはできない相談なのです。侍にとっては、本当に盗んでいなくとも、疑いを掛けられる状況に陥ってしまった、そのこと自体がこの上ない恥辱であり、さらに言えば、死なねばならない罪なのです。唯一その罪を免れる方策は、後日ではなく、この場で潔白を示すことのみです。実際に金を盗んだために疑われることも、実際には金を盗んでいないのに疑われることも、同じだと考えること、それが武士の論理であり、倫理なのです。

申し開きができることをしないで自害するとは、と思う我々の、あるいは町人の立場からすれば、この三番目の男の考え方は、常識を覆すような、不可解な、あり得ない考え方です。だからこそ、この話は奇談であり、この話が、『西鶴諸国ばなし』に入れられている理由なのです。

もう一つ、行灯の陰から金を投げた男について、これを三番目の男に救いの手を差し伸べようとする陰徳の行為とするのは間違いである。なぜなら、この男の所に順番が回ってきたら、三番目の男と同じように窮地に立たされるわけであるから、それを回避するために、予め自分が持っていることが分からないように金を放り出したに過ぎない。そう読める。とすれば、やはりこれも西鶴の書き損じではないか、という批判です。この考えもまた、採るわけにはいきません。行灯の陰から金を投げた男が、自分も一両持っていると申し出るか、あるいは順番が回ってきて一両持っていることが明らかになるか、いずれの場合でも、小判一両を持っている人間が二人いることがわかった段階で、少なくともどちらかの小判は盗まれたものではない（貧乏浪人でも大金を持つことがある）ことが明らかになるはずです。ということは、どちらの小判も盗まれたものではない可能性も出てくるはずで、少なくとも行灯の陰から小判を投げた男の方にのみ、疑惑の矛先が向くということはなさそうです（完全には疑いは排除できないにしても）。

ならば、その行灯の陰の男は、私も一両持っているのだから、その三番目の男も持っていて当然と、そう言えばいいではないか、という再反論もありそうですが、それではダメなのです。それは、紛失した一両がこの小判なのだと言えない限りは、事態の紛糾は収まらないからです。これは自分の金ではない、無くなった小判なのだと言うことができて、初めて事態は沈静化するのです。

浪人仲間の命を救うためには、なけなしの金を、文字通り弊履を捨てるがごとく投げ出すことも辞さない。それが、町人はしらず、武士たる者の考えであったのです。

浪人の「義理」

『西鶴諸国ばなし』の目録には、各話の題の横に、話の舞台となった場所を示す「……にありし事」という言葉があり、下側には、この話の内容を端的に示す一語の言葉が添えられています。例えば、前半で触れた巻一の四の「傘(からかさ)の御託宣」の横には、「紀州の掛作(かけづくり)にありし事」、下には「慈非（悲）」とあります。この浪人たちの話である巻一の三「大晦日はあはぬ算用」は、横に「江戸の品川にありし事」、下に「義理」と書かれています。これも前に掲げた『武家義理物語』の序文中に、「義理に身を果せるは、至極の所」とあったことを想起したいと思います。主命を忘れ、喧嘩や口論で命を捨てるのは武士の道ではなく、「義理」に殉じることこそが、最高の武士の道だと言っているのです。武士の道が、あるいは武士としての倫理が最高の形で顕現するのが、「義理」に身を捧げる時、「義理」を全うして死ぬ時だ、というわけです。

『西鶴諸国ばなし』目録の、「大晦日はあはぬ算用」の下に書かれているのは、まさにその「義理」です。「大晦日はあはぬ算用」は、浪人たちが、まさにそういう「義理」に身を捧げ、「義理」を尽くした場面を描き取った一話だと言うことができます。自分たちでは武士であると思いながらも、歴とした武士からは武士と見なされない浪人であるだけに、一層その「義理」に掛ける思いは深いのかもしれません。

「大晦日はあはぬ算用」で描かれている「義理」は、内助が客の浪人仲間に小判紛失の疑いが掛からぬように、紛失は我が思い違いと断言した「義理」であり、席順三人目の浪人が、小判の紛失を我が罪と背負い込んで死のうとした「義理」であり、行灯の陰の別の浪人が、その席順三人目の浪人の自害を止めようとして、我が小判を投げ出した「義理」でした。それらはいずれも浪人の「義理」です。武士階級の中でも、差別され、片隅に追いやられた浪人たちは、身を寄せ合うようにして武士の面目と矜持を保とうとしてきました。彼らは、交際範囲も狭く限られた、極めて小さな精神的コミュニティの中で、不遇な者同士の一種濃厚な共同的感情をもって生きていたといってもいいでしょう。その連帯感情からすれば、誰かが武士としての面目を失うのを座視することは、自分が武士としての面目を失うことを受け入れるに等しい、耐えがたい事だったに違いありません。この話に出てくる人々の「義理」がたさは、切実な共感や同情に支えられた、浪人の連帯感の強さに由来するものだと言うことができるでしょう。

第8講

テクストの中の〝文壇〟

——近代文学の〈共同性〉

安藤　宏

活字文化の時代にあって、個別に黙読する不特定多数の読者に対し、作者はどのような〈共同性〉を想定して書いていけばよいのだろうか。

通常、「文壇」という言葉から、われわれは文学者のグループ、サロンのようなものを連想する。しかしここで発想を転換してみることにしよう。作品を書くために、作品の数だけ、それにふさわしい文壇が表現の中に構想され、バーチャルな共同体がくくり込まれている、と考えてみることはできないだろうか。

■──文学における共同性

当たり前の話ですが、そもそも、あらゆる表現は受け手の存在が前提になっています。われわれは誰かに理解して欲しいと思うからこそ語ったり書いたりするわけで、理解者を想定しなければ表現自体が成り立たない。その際に強調しておきたいのは、ここにいう「受け手」は必ずしも現実の、実体としてのそれを意味しない、ということです。現実にはいない、理想の友を想定して語ることもあるでしょうし、逆に無理解な相手を想定して、ムキになって説得を繰り返すこともあるでしょう。それも含めて、表現の中には、語り手と聞き手との仮想の、バーチャルな共同体が存在しているわけです。

そもそも文学は太古の昔から、集団の中の共同性、アイデンティティを構築していくことをその起源にしていました。仮に最初から強固なアイデンティティが根付いているとしたら、そもそもそこに文学の問題など存在しないわけです。ムラやクニを外敵から救った英雄を祭り、これをフィクションとして伝承していくことによって――共通の信仰とすることによって――共同性を立ち上げてきた歴史がある。

読書行為に話を戻すと、共同性というものはまったくの観念の所産かと言えば、必ずしもそうとも言えない。現実の読者とも、それは確かにどこかで重なっている。文学作品に触れるとき、読者は自分も求められている共同体の一員であることを信じ、あるいはそうあろうと努めるのだけれども、同時に求められている役割と、どこかにズレがあることを自覚してしまう。おそらくはそのズレにこそ表現の持っている本源的なエネルギーが宿っているわけで、重なっているけれどもズレている、その二重感覚を通して、それまで無意識に信じて疑うことのなかった既成の価値観や先入観が覆されていくことになるわけです。物語はその本来の属性として、伝承という行為によって「私たち」をフィクショナルに立ち上げ、現実の読者をそこに囲い込んでいく使命を担っている。おそらく文学研究の醍醐味もまた、こうした反転の様相を解き明かしていくことにこそあると思うわけです。

近代小説の読者

そもそも小説を分析するとき、われわれは「語り手」、という言葉を使う。しかし考えてみれば奇妙な話です。われわれは小説を文字（活字）として黙読しているのであって、音声として聞いているわけではない。暗黙のうちに活字を「声」に変換し、具体的に誰かから語りかけられたものと錯覚しながら内容を受け止めている。小説を読む時に文字を無意識のうちに「声」に変換し、暗黙のうちに「語る―語られる」関係にわが身をなぞらえているわけです。おそらくそこには共同の記憶を立ち上げ、そこに身をゆだねたいという、太古の昔から持っている本源的な欲求が秘められているにちがいない。

その際、近代の文学を他の時代から大きく隔てているものがあります。活字による出版文化がそれです。もちろん日本でも中世末期には古活字本というものがあったし、江戸時代も版本を中心に、独自の出版文化が栄えていた。けれども明治一〇年代に金属活字による出版革命が起こって、和装の版本から金属活字の洋装本へ、という劇的な変化が生じることになります。これに伴って、数千から数万へ、ヒトケタ読者の数が増加していくわけです。

たとえば、われわれ研究者が出す専門書の部数は、せいぜい数百部程度です。この部数ですと、だいたいどんな人が買ってくれるか、読者の顔が想像できてしまう。おそらく買ってくれる人の半分ぐらいは年賀状のやりとりをしている人たちかもしれない。だから具体的な論敵の顔を想定して書いたり、学会内部でだけ通用するようなタームが横行したりもする。決して自慢できることではないのですが……。

ところが一般書として——新書や選書として——出版しようとすると、専門書とは異なる工夫が必要になってきます。読者の数が一万を超えると、どんな人がどのような興味と関心で読んでくれるのか、具体的な「顔」が想定しづらくなってくる。「理想の理解者」を想定し、現実の読者をそこに囲い込んでいく工夫や仕掛けが必要になってくるわけで、おそらくそこにこそ、「文体」というものの持つ、本源的な役割があるのでしょう。

近代の活字文化を象徴するものの一つが新聞で、小説もまた、新聞連載の形をとるものが増えていきました。数万の読者を相手に、はたしてどのような共同性を前提にすればよいのか、これはなかなか難しい問題で、小説の書き方も当然変わってきます。金属活字の小説の多くは〝密室〟で享受される。それ以前の時代とは比べものにならぬほど多数の読者が、個別に文字を黙読するところに成り立っています。こうした中で、読んでいるのが自分一人だけではなく「私たち」であり、その内容は今後も語り伝えられていくべき価値を有しているのだ、という共同幻想をどのように作っていったらよいのか。

読者数の劇的な増加と、密室化・個別化とは、この場合、相関関係にあります。不特定多数が前提になればなるほど共同性を想定しづらくなり、逆に密な関係をつくるために個別性、特殊性が求められるようになる。「私」個人のヒミツを「あなた」にだけ打ち明けているのだ、という「告白」が、一個の制度として成立しやすい土壌ができてくるわけです。そういう意味では、近代個人主義を育んだのは活字である、という言い方ができるかもしれない。逆に言えば、個別性——個人のヒミツ——が意識されるからこそあらたな共同性——その普遍的な理解者——が希求されることにもなるわけですね。活字になってしまっている以上、実はヒミツもなにもないわけですが、「ヒミツ」を共有している、という秘かな連帯感が、あらたな共同性を立ち上げていくことになるわけです。

■――「小説家」のセルフ・イメージ

もちろん、ただ単にヒミツを告白すればそれが直ちに小説として認められるわけではない。近代個人主義――他の誰でもないその人の独自性――が称揚され、価値として浸透していることがその条件になるわけで、こうした変化が根付いていくのは、時期的には明治三〇年代以降のことです。そしてこの場合重要なのは、告白に携わっている人物がありきたりの人間ではなく、まさに「この小説」を書いている作者自身である、ということ――それが次第に共同性の保証になっていく、という事実なのです。

もちろん江戸期の出版文化においても「誰が書いたのか」という情報は作品享受にあたって重要な情報だったはずですが、近代文学の特色は、共同性の保証を「作者」の権威に求める形が極端に進んでいった点にあります。その背景には、明治三〇年代に日本もベルヌ条約に加盟し、著作権は個人に帰する、という発想が次第に浸透していったという事情もあった。結果的に、作者の固有名詞はいわば登録商標としての役割を果たすことになり、読者は「あの芥川」「あの谷崎」の書いた小説なのだから、という情報を補って小説を読んでいくことになります。これを逆に言えば、作者はいわばリングネームとしての「芥川龍之介」「谷崎潤一郎」を演出していくことによって、それを糧に、初めて不特定多数を相手に小説が書けるようになったのだ、という言い方もできるでしょう。

こうしたイメージ作り、作者の偶像化にあたって大きな役割を果たしたのが、たとえば写真というあらたなメディアです。

図1　樋口一葉　口絵写真「文芸倶楽部」（1895年12月）閨秀小説特集

　図1は樋口一葉の生涯で唯一残された写真なのですが、お札（さつ）になっているせいもあって、おそらく今日われわれが樋口一葉をイメージするとき、真っ先に思い浮かべる顔なのではないかと思います。「奇蹟の十四カ月」という言い方がありますが、一葉は二四歳で亡くなる直前の十四カ月に次々に名作を発表して、一躍有名になりました。この写真は最晩年に雑誌「文芸倶楽部」の閨秀作家（女性作家）特集に掲載されたものなのですが、博文館は日清戦争の報道で独自の写真報道のノウハウを持っていた。雑誌の口絵写真や肖像写真、という点に関しては、実は日本は世界的にもそれほど後れをとっていなかったのです。一緒に映っているのは若松賤子（巌本善治夫人）、小金井喜美子（森鷗外の妹）ら錚々（そうそう）たるメンバーで、いずれも著名な令夫人ばかり。それに比べて一葉の出で立ちはいかにも貧相です。薄幸で貧しく、けれども理智的で意志の強い女性、というイメージを読者に植え付けるにあたって、結果的にこの写真はきわめて大きな役割を果たすことになりました。

　もちろん、一葉自身は写真の持つ意味にほとんど無自覚だったと思いますが（この唯一の写真も、撮られることを大変嫌がっていた、と伝えられています）、その後、小説家たちがこの文明の利器を利用して小説を書いていく、という事態が生じることになる。

　左は太宰がその文壇デビューにあたって掲げた写真（図2）ですが、ことさらに憔悴し、窶（やつ）れた風貌が強調されていて、二〇代なのに凝縮した人生を送ってしまい、すでに〝晩年〟を迎えた人物である、という演出が施されています。のちに戦後になって、生前唯一の『太宰治全集』を編むときに、口絵写真を写真家田村茂が撮ることになって、太宰はマントを羽織って街を闊歩する〝無頼派作家〟のポーズをさまざまに演出して見せた。今日われわれが太宰治を連想する時の写真のかなりはこの時のものです。

このように、不特定多数の読者を相手に、自分が小説を書きやすくするための自己演出を施していく、という傾向は、実は近代小説の共同性を考えていく上で看過することのできない論点です。写真はいささか極端な例ですが、小説家たちは文芸雑誌などで創作のウラ話や〝舞台裏〟の情報、あるいは自身の実生活の情報を積極的に流通させていく、という手段をとっていた。明治三〇年代ごろから、文芸誌に「作者苦心談」「創作苦心談」といったコーナーが目立つようになりますが、特に重要な役割を果たしたのが、博文館から明治三九年（一九〇六）に創刊された雑誌、「文章世界」でした。これはいわば文壇情報誌としての役割を果たし、口絵には文壇の大家たちの肖像や書斎、家族の写真、本文には作家になるまでの思い出や逸話などがふんだんに流されていくわけです。

図2　口絵写真　太宰治第一創作集『晩年』（砂子屋書房，1936年）

■『蒲団』の秘密

こうした変化によって、「小説」というジャンルにどのような変化が起こったのでしょうか。

この問題は、森鷗外の『舞姫』と田山花袋の『蒲団』という、明治を代表する二作品を比較してみるとよくわかるかもしれません。鷗外の『舞姫』が発表されたのは明治二三年（一八九〇）で、石橋忍月と作者森鷗外の間で論争を呼ぶなど、大きな反響がありました。鷗外のドイツ留学体験が何らかの形で踏まえられていることは一読して明らかであるにもかかわらず、こうした論議を見てみると、主人公太田豊太郎に鷗外その人の体験を重ねて読む、という解釈がほとんど見られないことに気づきます。いわゆる「『舞姫』論争」の中で、鷗外は作中の豊太郎の友人、相沢謙吉の名で文章を書いて豊太郎の弁護をしていますし、批判する忍月も、小説世界の自律性、ということにかなり意識的です。

それが明治四〇年(一九〇七)に発表された『蒲団』になると状況は一変してしまう。小説の主人公の名は「時雄」で、三人称の客観小説の形がとられているにもかかわらず、文壇はこぞってこれを田山花袋自身の実体験の告白として受け止めました。わずか一七年のうちに、小説の読み方に何か決定的な変化が起こったわけで、その背景にはやはり、小説家自身が、みずから小説を書きやすくするためにセルフイメージを社会に発信し、読者を囲い込もうとした、歴史的な背景があったと思うのです。

『蒲団』は、妻子ある中年作家が若い女弟子に恋心を抱くが、監督する立場でもあるので感情を抑制し、一人で煩悶する、やがて女弟子の恋愛に嫉妬し、仲を引き裂こうとすると、彼女はやむなく郷里に帰ってしまう、という、ある意味では実にたわいのない物語内容です。ベルリンを舞台に国家(立身)と個人(恋愛)のはざまに苦悩する『舞姫』に比べると、なおその感を強くする。しかし、花袋の意図は、日常のありきたりの個人を題材に、ごくあたりまえの心理を描写する、という近代写実主義の理念を実践してみせる点に置かれていました。凡庸な個人の生きざまを題材にして、なおかつそれは「小説」でなければならない。それを不特定多数の読者に認知させるにはそれなりの工夫が必要になることでしょう。「大きな舞台で小さな演技をしてみせる」とでも言ったらよいのでしょうか。実作者が「小説家」のセルフイメージを演出し、フィクショナルな共同体を多数の観客の前で立ち上げてみせる、そのような共同性が成立していたからこそ、こうした題材で小説を書くことが可能になったわけです。

■──「文壇」形成史

『蒲団』は自然主義の草創期の作品で、その反響をきっかけに、自然主義が以後数年間、文壇を席巻します。自然主義は、西欧近代の文学理念が一つのエコールとしてまがりなりにも自覚的に成立したおそらく最初の事例でもあった。

もちろん、それ以前にも文学者たちのグループというものは存在していました。たとえば森鷗外ら千駄木のグループ、坪内逍遥ら東京専門学校（早稲田大学）を中心とするグループ、幸田露伴たちの根岸党、などなど、それらは主義主張に根ざすと言うよりは、多分に地域や交友関係、学校などのつながりが強かった。地政学的な「お仲間」的な性格のグループは、その後も昭和に至るまで、田端、荻窪、本郷など、各地に形成されていきます。

明治二〇年前後になると、尾崎紅葉らの硯友社のグループが草創期の「文壇」の中核になる。これが「読売新聞」、博文館などの新興ジャーナリズムと手を組んだ、近代商業資本下のあらたな「文壇」の始まりです。紅葉は二〇代で文壇の大家になりますが、牛込に新居を構え、泉鏡花、徳田秋声、田山花袋、小栗風葉ら、多くの門人がここから育っていきました。けれども、たとえば鏡花が玄関番の住み込みから始めた、というエピソードに象徴されるように、実質は、前近代的な徒弟制度の枠を超えるものではなかった。いわば、地縁的、徒弟制度的な人間関係と近代の商業資本とが結合した過渡的段階、とでも言ったらよいのでしょうか。

それではイズム（明確な主義主張）に基づくグループが明確に現れてくるのはいつ頃のことなのか。教科書的には、北村透谷ら「文学界」（明治二六年—）のグループ、与謝野鉄幹、晶子夫妻の新詩社（明治三三年—）などがロマン主義のグループとして整理されていたりもしますが、これらはいずれも後から考えて見れば、という結果的な区分なのであって、彼らは必ずしもロマン主義を自覚的に掲げて活動していたわけではありません。

おそらくその最初の表れは、やはり、明治三〇年代後半に立ち上がっていく自然主義のグループであったと見るべきでしょう。前近代的な徒弟制度からイズムに基づく流派へ。田山花袋の『蒲団』の成功はあらゆる意味でその象徴的な事件でもあったわけです。

■——近代小説の黄金期

ひとたび核ができると、今度はそれに対抗する形でさまざまな文壇地図が形成されていきます。自然主義全盛期の明治四三年（一九一〇）には反自然主義を標榜する耽美派と白樺派が立ち上がり、やがて東京帝大のグループが新技巧主義を標榜する。明治四〇年代から大正初頭にかけて、四つのグループがそれぞれに主義主張をかかげ、対立を繰り広げていくことになります。

自然主義　早稲田大学　第二次「早稲田文学」（明治三九—昭和二年）「奇蹟」（大正元—二年）
　島崎藤村・田山花袋・正宗白鳥・徳田秋声・岩野泡鳴・広津和郎・葛西善蔵

反自然主義

・耽美派　慶應義塾大学　「三田文学」（明治四三年―）
永井荷風・谷崎潤一郎・久保田万太郎・水上滝太郎・佐藤春夫

・白樺派　学習院大学　「白樺」（明治四三―大正一二年）
武者小路実篤・志賀直哉・有島武郎・里美弴

・新理知派・新技巧派　東京帝国大学　第四次「新思潮」（大正五―六年）
菊池寛・芥川龍之介・久米正雄・成瀬正一・松岡譲

右の一覧を見てもわかるように、主義主張、雑誌、大学の区分が大変はっきりしていた、日本の近現代の文学史の中でも稀有な時期です。大学の教員が文学史の授業で、説明に一番熱がこもるのも、区分が明快で説明しやすいからなのかもしれません。

見取り図や棲み分けが明確であった明治三十年代後半から大正半ばにかけてのこの十年間は、同時に日本の近代文学の黄金期――空前の収穫期――でもありました。漱石、鷗外、荷風、谷崎、芥川、有島、志賀、武者小路ら、近代文学を代表する作家たちが、その生涯の代表作のかなりの部分をこの時期に書いている。思うにこれは決して偶然ではありません。この時期が過ぎると、荷風も谷崎も志賀もそれぞれにスランプに陥っていくのは何やら象徴的で、実は、明確なエコールによる書き割りがはっきりしていたからこそ、それを前提に、彼らはある種の確信を持って小説を書いていくことができたのです。

■——「文壇」は作られる

この場合重要なのは、これらがあくまでも、彼ら自身が小説を書くために作ったセルフイメージでもあり、大きな舞台、つまり不特定多数の読者の前で意識的に繰り広げられた小さな演技でもあった、という事実です。

たとえば芥川龍之介が『大正八年の文芸界』(『毎日年鑑 大正九年版』大阪毎日新聞社、大正八年(一九一九)一二月)という、文壇情勢論を書いていますが、状況を流派ごとに裁いていく手つきは実にあざやかなもので、多少名称は違っていても、今日の文学史に近いことにあらためて驚かされます。さすが芥川、とその慧眼に敬服していたのですが、実はそれは話が逆なのであって、そもそも「文壇」の書き割り自体が、何よりも彼ら自身が小説を書きやすいように、自らの手で構想されたものだったのではないか、ということに気がつきました。それはいわば、作られた起源、と言ってよいものだったのかもしれない。もしもそうだとしたら、それを後追い的に記述して文学史を作ったとしてもあまり意味をなさなくなってしまうでしょう。重要なのは、事実としてこれを追認することなのではなく、彼らが小説を書くためになぜこのような「文壇」を必要としたのか、という問題を内在的に考えていく発想なのです。

たとえば芥川に『あの頃の自分のこと』(「中央公論」大正八年(一九一九)一月)という小説があります。題名からは後年の回想を連想するが、実は決してそのようなことはない。大正八年の時点で、わずか三年前の自分の文壇デビューを回想して見せたものなのです。

その頃は丁度武者小路実篤氏が、将にパルナスの頂上へ立たうとしてゐる頃だつた。従つて我々(引用者注―「新思潮」同人たち）の間でも、屡氏の作品やその主張が話題に上つた。我々は大抵、武者小路氏が文壇の天窓を開け放つて、爽な空気を入れた事を愉快に感じてゐるものだつた。恐らくこの愉快は、氏の踵に接して来た我々の時代、或は我々以後の時代の青年のみが、特に痛感した心もちだらう。だから、我々以前と我々以後とでは、文壇及それ以外の鑑賞家の氏に対する評価の大小に、径庭があつたのは已むを得ない。（三）

従来この一節は、流派の異なる芥川にとっても白樺派は世代的に大きな意味を持っていたのだ、という文脈で、白樺派の説明に使われることが多かったのですが、けれどもここには明らかに芥川の戦略がある。武者小路を持ち上げることによって、自分たちもそれに並ぶグループであることを読者に印象づけていこうとする作戦です。

たとえば芥川龍之介の『芋粥』（「新小説」大正五年九月）の冒頭部分をあげてみましょう。

元慶の末か、任和の始にあつた話であらう。どちらにしても時代はさして、この話に大事な役を、勤めてゐない。読者は唯、平安朝と云ふ、遠い昔が背景になつてゐると云ふ事を、知つてさへゐてくれれば、よいのである。（略）生憎旧記には、それ（引用者注―主人公の正確な姓名）が伝はつてゐない。恐らくは、実際、伝はる資格がない程、平凡な男だつたのであらう。一体、旧記の著者などと云ふ者は、平凡な人間や話に、余り興味を持たなかつたらしい。この点で、彼等と、日本の自然派の作家とは、大分ちがふ。

ここで芥川は実にさりげなく自然主義陣営を当てこすってみせています。読者はここから反自然主義の立場に立つ、有力な新進気鋭の姿を連想することでしょう。それは必ずしも現実の文壇地図とイコールではない。いわば「芥川龍之介」という役柄を振る舞う主体を想定すべきなのだと思います。当時芥川はまだまだ一般には無名だった。どんな小説家として認知されたいか、「芥川龍之介」作りをしている、と考えるべきなのではないでしょうか。少なくともそれによって、以後、読者を想定しながら小説を書くことが容易になるわけで、「あの芥川」が書いているのだから、と相手が思ってくれる、そういう共通理解（共同性）をよそおうためのシグナルのようなものだと考えていいと思うのです。

通常、「文壇」という言葉から、われわれは文学者のグループ、サロン、あるいは編集者との付き合いのようなものを連想します。事実、そうしたものも実体として確かに存在していた。けれども実は文壇があって小説ができるのではない。小説を書くために、小説の数だけ、それにふさわしい文壇が表現の中に構想され、バーチャルな共同体がくくり込まれている、そのように考えるべきなのではないでしょうか。

物語のメタ・レベルに「小説家」の演技を共有することによって共同性が保証される。日常の名もない個人を写実主義リアリズムによって発信することができる、そのように考えることによって、「小説」というジャンルのとらえ方が、より立体的なものになってくると思うのです。

III

創出される〈共同性〉

第9講 歌うことと書くこと
――雄略記を読む②

鉄野昌弘

歌われる歌は、歌われるやいなや消えてしまう。
我々が歌謡を読むことができるのは文字のおかげである。
しかし文字の記録は歌われた場を十全に再現しはしない。
むしろ別のものを仮構してしまうことさえある。
『古事記』は、そこまでして、
なぜ歌謡が歌われる場を書こうとするのだろうか?

■ 赤猪子物語

第1講では、「記紀歌謡」と呼ばれる歌の質や様式が、やはり「歌謡」すなわち「歌われる歌」にふさわしいものであることをお話しました。しかし現在、私たちがそれを文字で「読んで」いることも事実です。当然ながら読めるものは書かれたものであるはずで、「歌われる歌」を書くとはどのような事態なのか、そこにどんなことが起こるのか、考えてみる必要がありそうです。再び『古事記』雄略天皇条（雄略記）に即して見てみましょう。

雄略記で、皇后若日下部王に対する求婚の物語に続くのは、引田部赤猪子という女性をめぐる話です。雄略はある時、三輪川のほとりで洗濯をする美しい童女に声をかけます。名を聞くと、雄略は、じきに宮に召すので結婚しないでおけ、と命じます。ところがそのまま八十年が経ち、老いて痩せ衰えた赤猪子は、「もう頼りにするものとて無いが、待っていた心を表さないでは気持が晴れない」と思って、多くの嫁入りの品を持って宮に参上します。すっかり忘れていた雄略は、「どこの婆さんか。何のために来た」などと言う。赤猪子が経緯を話すと、「自分は忘れていたが、お前が志を守り、命令を待って、空しく盛りを過ごしたことは愛しくも悲しいことだ」と言って、結婚する意志はありながら、あまりにも老いて結婚できないことを残念に思い、赤猪子に二首の歌を賜いました。

御諸の　厳樫がもと　樫がもと　ゆゆしきかも　樫原童女

御諸の聖なる樫の根元、樫の根元に居る、ああ畏れ多いよ、樫の林の乙女は。

引田の　若栗栖原　若くへに　率寝てましもの　老いにけるかも

引田の若い栗林ではないが、若い時に共寝をしたら良かった。年老いてしまったなあ。

一方、それを聞いた赤猪子は、着ていた婚礼の服の袖を涙ですっかり濡らしながら、やはり二首の歌で答えます。

御諸に　つくや玉垣　つき余し　誰にかも依らむ　神の宮人

御諸に築く玉垣ではないが、付き過ぎて、誰を頼ったらよいのでしょう、神の宮に仕える人は。

日下江の　入江の蓮　花蓮　身の盛り人　羨しきろかも

日下江の入江の蓮、花の咲く蓮。そのように身の盛りの人が羨ましいですよ。

この四つの歌は「志都歌」であるという注記があります。「下つ歌」で、調子を下げて歌う歌とも、「静歌」で静かに歌う歌とも言われます。しかし古代歌謡研究の第一人者であった土橋寛氏は、これらをそれぞれ独立した歌垣（男女が歌の掛け合いをして楽しむ集い）の歌の転用と考えました（『古代歌謡全注釈』古事記編、角川書店、一九七二）。

例えば最初の歌の「ゆゆしきかも樫原童女」は、物語上は赤猪子のことを言ったとしなければならないが、八十余年を経て嫗になってしまった赤猪子には適合しない。それは、この歌が元来独立歌謡で、赤猪子の物語に結びつけられたものであることを示している、と土橋氏は言います。歌を所伝から解放して、歌詞そのものを見る時、歌の主旨が「樫原童女」（巫女）の近づきがたいという点にあることは明らかであるが、それを巫女に思いを寄せて悩む男の歌とするのは抒情詩的な解釈である。これは、美女やお寺の娘の近づきがたいことを歌った近世以後の民謡と同じ発想のパターンで、そうした女を引き合いに出して、歌の場（歌垣や盆踊り）にいる娘たちを誘うことに、歌の目的はあるのだ、と説明します。以下、四首いずれにも「所伝と歌詞の不適合」を見出して、物語と切り離し、「実体」を推定するという手順を採るのです。

物語述作者が、独立歌謡を転用・利用するということは可能性としては考えられます。しかし今の場合、それでは、この四首の共通性――どれもほぼ短歌形式であり、しかも地名で歌い起し、第二句と第三句を反復する様式で統一されている――は説明できないでしょう。そして品田悦一氏が述べるように、第四首に、三輪の地から遠く離れた「日下江の入江の蓮」が歌われるのは、所伝と矛盾するのではなくて、赤猪子が、自身の老残に対して、日下出身の若々しい女、若日下部王を「身の盛り人」としてうらやむ表現と捉えるべきでしょう（「歌謡物語――表現の方法と水準」『国文学』一九八一年八月号）。つまり、この四首に歌われる物事は比喩なのであって、そもそも事実を直叙したものではないと見通されるのです。歌ならば、自分の目の前のことをそのままに歌っていると決めてかかるのは、それこそ「抒情詩的解釈」にほかならないのではないでしょうか。

■「志都歌」四首の解釈

第一首、土橋氏は「樫原童女」は嫗になってしまった赤猪子には適合しない、と言いますが、自分を待って老婆になってしまった女を指して老婆と言ったのでは身もふたもありません。「賜う」御歌として相応しくないでしょう。出会った時に戻って、相手を「童女」と遇しつつ、「御諸（三輪山を指しますが、原義は神の依り代の意です。三輪山は大神神社の御神体。図1及び第1講図1参照）の厳樫」すなわち御神木のようだという。赤猪子が老いて交接できないことを、神山である三輪山の近くに住んでいたことを機縁として（赤猪子は三輪川で洗濯をしていたのでした）、そこの御神木のように神々しくて手に触れ難いと歌うのです。

第二首について、土橋氏は「年老いた赤猪子を歌ったものとして、一応物語との不一致はないが、赤猪子と同じだけ年を取っているはずの雄略天皇の歌としておかしい」と言います。これに対して、『新編日本古典文学全集』は、「率寝てましもの」の主語が自分（雄略）であるから、「老いにけるかも」も同じだとして、「今結婚が成り立たない現実に対して、天皇自身の老いということで、赤猪子は救われることになる」と説いています。しかし、この話の後にも雄略の婚姻譚は続きますし、第四首で若日下部王が「身の盛り人」と呼ばれているのですから、雄略や若日下部王は年を取っていないのです。八十年経って赤猪子だけが年老いたのは、無論、現実にはありえないことですが、『古事記』の物語は、そうした現実を超越する面があるのです（後にまた触れます）。「引田の若栗栖原」は「引田部の赤猪子」の比喩に違いありませんから、繰り返される「若くへに」も、それに対応する「老いにけるかも」も赤猪子について言うとする方が穏やかでしょう。「引田の若栗栖原」によって美少女だった赤猪子を表象しながら、それをむざむざと老いさせてしまった悔恨を歌う。その表白によってこそ、赤猪子は救われるのではないでしょうか。

赤猪子の側に移って第三首、土橋氏は、「物語の赤猪子は、天皇のお召しを待っていて年を取ったのであって、神に仕えて年を

図１　大神神社と三輪山

取ったのではない」と言います。しかしそれは、雄略が自分を「御諸の厳樫がもと」の「樫原童女」としたのを受け、それを「神の宮人」と取りなして、御諸に玉垣を築くではないが、神に付き過ぎた（あなた様のご命令を過分に守り過ぎた）私は、その挙句誰を頼ったらいいのでしょう、と歌ったのだと考えられます。雄略の第一首同様に比喩であって、巫女であるというのも、歌の上のことでしょう。赤猪子を、土地の豪族の娘としたり、三輪山の神に仕える巫女としたりする説も多いのですが、三輪川で洗濯をしていた、という最初の設定からして、普通の家の娘であると考えた方が良いと思います。多くの結納の品を持って宮に参上した、とある点からすれば、貧しい家ではなかったでしょうが。

第四首の「日下江の入江の蓮」が、品田氏の言うように、皇后若日下部王の比喩であることは前述した通りです。自分が「引田の若栗栖原」だったのが「老い」てしまったのに対して、「若」の名を背負う皇后は「花蓮」の如く今も「身の盛り人」である。それが羨ましいと歌うのです。

品田氏は、この赤猪子物語が、若日下部王への求婚の話と不可分だとすれば、雄略記のおおよその筋書きが既に決まった後の制作としか考えられないと言います。なおかつ「志都歌」という曲節名を持っている以上は、現『古事記』より前に出来ていると考えなければならない。だとすれば、『古事記』序に、天武天皇の命によって編纂されたと述べられる「帝皇日継・先代旧辞」、いわゆる「天武本古事記」が、赤猪子物語成立の契機と推測される、と品田氏は述べます。序には、稗田阿礼が「帝皇日継・先代旧辞」を「誦習」したとありますが、その阿礼の人となりとして「目に度れば口に誦み」云々と書かれていることからすれば、阿礼は漢字の訓み方を心得ていたのであって、『古事記』をすべて暗誦していたわけではない。『古事記』の原形として、「帝皇日継・先代旧辞」という漢字テキストがあったのです。そこで赤猪子物語が成立したのだとすれば、「歌謡」もろとも史書編纂という書記的な行為によって作られたことになります。

■――四首の構成

この話が書記（エクリチュール）の所産であることは、二人の歌が二首ずつ交わされていることにもうかがわれます。渡瀬昌忠（わたせまさただ）氏は、『万葉集』中の贈答歌を調査し、「初期万葉」の贈答歌は、一首ずつの対応ばかりで、複数の歌が交わされるようになるのは、天武・持統朝（六七二―九六）の柿本人麻呂まで下ること、その場合、外側の歌、内側の歌同士が呼応する「波紋型」、贈歌・答歌の第一首同士、第二首同士……が呼応する「流下型」の二つのパターンがあることを指摘しました（「柿本人麻呂における贈答歌――波紋型の成立」『著作集』八、二〇〇三、初出一九七〇）。

・波紋型の例（対応する語句に傍線・二重傍線を引く）

柿本朝臣人麻呂が歌四首

み熊野の浦の浜木綿（はまゆふ）百重（ももへ）なす心は思へど直（ただ）に逢はぬかも　（4・四九六）

み熊野の浦の浜木綿が百重にも重なっているように、繰り返し心には思うけれども、直接には逢えないことだ。

古（いにしへ）にありけむ人も我がごとか妹（いも）に恋ひつつ寝（い）ねかてずけむ　（四九七）

昔居たという人も、私のように、愛しい人を恋しく思って眠れなかったのだろうか。

今のみのわざにはあらず古の人そまさりて音（ね）にさへ泣きし　（四九八）

今だけのことではありません。昔の人はそれに勝って、声を出して泣くことまでしたのです。

百重にも来（き）しかぬかもと思へかも君が使ひの見れど飽かざらむ　（四九九）

百回でも来てくれないかとと思うからか、貴方の使いは見ても見ても見飽きません。

・流下型の例

歌詞両首［大宰帥大伴卿（大伴旅人）］

龍の馬も今も得てしかあをによし奈良の都に行きて来むため　（5・八〇六）

龍のような馬を今すぐにでも手に入れたい。（あをによし）奈良の都に行って帰るために。

現には逢ふよしもなしぬばたまの夜の夢にを継ぎて見えこそ　（八〇七）

現実では逢う手立てもありません。（ぬばたまの）夜の夢に続けて現われて下さい

答ふる歌二首（作者未詳）

龍の馬を我は求めむあをによし奈良の都に来む人のたに　（八〇八）

龍のような馬を私は探しましょう。（あをによし）奈良の都に来ようという人のために。

直に逢はずあらくも多くしきたへの枕去らずて夢にし見えむ　（八〇九）

直接にお逢いできない日が長くなりましたから、（しきたへの）枕を離れず、貴方の夢に現われることにいたしましょう

渡瀬氏は、こうした複数の歌の贈答は、口誦世界ではありえないことで、歌を書記する中で初めて可能になると言います。そして「波紋型」が人麻呂に発するのに対して、「流下型」は八世紀の奈良時代の歌ばかりである。それは、人麻呂が前に遡って和する贈答を虚構したことによって「波紋型」が成立し、歌が書簡として交わされるようになると、「流下型」も現れる、という経緯を示す、と推測するのです。

雄略と赤猪子の贈答は、第一首同士が御諸の巫女への見立てや体言止めで呼応し、第二首同士が若さをめぐるやりとりで、文末を「かも」の詠嘆で結ぶという一致を見せます。明らかな「流下型」なのです。こう

した構成は、和歌においても「流下型」の贈答が交わされるような時期にあって初めて成り立つのではないでしょうか。だとすれば品田氏の推測する「天武本古事記」より更に遅れる可能性もあります。少なくとも人麻呂以降、歌を書くということが習慣化されなければあり得なかったのではないでしょうか。

この物語の歌々は、ほぼ短歌形式であることも手伝って、それぞれが赤猪子の悲しみとそれに対する同情とを統一的な主題としているように見受けられます。しかしそうした和歌的な新しさにもかかわらず、これらには曲節の名があり、歌われた歌であることは明らかです。歌謡としての面目は、初句の短さや、第二・三句を反復する様式にも表れています。そして「厳樫」「若栗栖原」「日下の花蓮」と女性とを重ね合わせる比喩が、先の日下山での歌と同じ「擬樹法」的な発想に基づくことは、これらの歌々が、やはり歌謡世界にあることを語っているのでしょう――そうした発想の比喩が、和歌世界において「譬喩歌(ひゆか)」として独自の発展を遂げるとしても――。「歌われる歌として書かれた歌」であることによって、これらの歌謡は両義的な質を持っています。その両義性は、この物語全体が、一人の女性の悲劇であるとともに、それが天皇の気まぐれに起因し、しかも天皇の方は年を取らないという荒唐無稽な喜劇でもあるのと対応しているようにも思われるのです。

■――視座の移動と歌の「主体」――葛城山の物語

やすみしし　我が大君の　遊ばしし　猪(しし)の　病み猪(しし)の　うたき畏(かしこ)み　我が逃げ登りし　在り丘(あを)の　榛(はり)の木の枝(えだ)

(やすみしし)我が大君が狩をなさった猪、手負いの猪の唸り声が怖ろしくて、私が逃げ登った、ひときわ高く目立つ丘の榛の木の枝先よ。

雄略天皇が葛城山で狩をした時のことです（第1講図1参照）。大きな猪が現われ、雄略が蕪矢（威嚇用の音の出る矢）でそれを射ると、猪は怒って唸りながら突進して来る。雄略は唸り声を怖れて榛の木の上に逃げ登りました。そこで歌ったというのが掲出の歌です。

この歌は、事の経緯を地の文のままに語っていますが、これでは雄略自身が自分のことを「やすみしし我が大君」と呼び、自分に「遊ばしし」と尊敬語を用いていることになります。常識的には変だと感じないではいられないでしょう。

図2　葛城山

これに対して、『日本書紀』ではほぼ同じ歌が、大きく異なる状況で歌われています。――天皇が葛城山で狩をしていると怪鳥が現れ、ユメユメ（用心せよの意）と鳴く。すると勢子に追われた猪が、怒って人を追いかける。狩人たちは木に登っておびえるばかりだった。天皇は舎人（従者）を励まして、「猛獣も人に逢えばおとなしくなるものだ。待ちかまえて矢で射てとどめを刺せ」とおっしゃった。しかし舎人は臆病で、樹に登ったまま、顔色を失い、茫然とするばかり。怒った猪は、まっすぐやってきて、天皇に噛みつこうとする。天皇は、弓で射て猪を刺し止め、脚を上げて踏み殺しなさった。

狩が終わって、天皇は、自分を守ろうとしなかった舎人を斬ろうとなさった。舎人が、処刑に臨んで、歌を作って言うには、

やすみしし　我が大君の　遊ばしし　猪の　うたき畏み　我が逃げ登りし　在り丘の上の　榛が枝あせを

（やすみしし）我が大君が狩をなさる猪の唸り声が怖ろしくて、私が逃げ登った、目立つ丘の上の榛の木の枝先よ、なあお前。

同行していた皇后は、それを聞いて憐れみ、天皇を止めようとした。天皇は「皇后は天皇の味方をせず、舎人の心配をするのか」と言われたが、皇后はひるまず、「民は、皆、『陛下は狩に耽って獣をお好みになる』と言うでしょう。それはよくありません。今、陛下は、暴れる猪のために、舎人をお斬りになる。それでは陛下は、狼と同じです」と忠言した。天皇は、皇后と車に乗って帰途につき、「万歳。ああ楽しいことよ。人は皆獣を狩って帰るが。朕は善い言葉を得て帰ることだ」とおっしゃった――。

雄略は勇敢に手負いの猪に立ち向かい、踏み殺す。脅えて木に登ったのは舎人で、不忠を咎めて雄略は斬ろうとする。刑に臨んで舎人が歌ったのが「やすみしし」の歌です。これならば、「自称敬語」という問題は起こりません。本居宣長『古事記伝』は、「舎人が作るとせる方勝りて聞ゆ。わがおほきみの云々と云て、わがにげのぼりしと云る、必ず天皇の御歌とは聞えず」と言っています。

しかし『古事記』の形があり得ないわけではありません。土橋寛氏は、これが狭義の物語歌（物語のために創作された歌）であるとし、「第一段では述作者自身の立場に立って「やすみしし我が大君」と三人称で歌い出し、第二段では天皇の立場に立って「我が」と一人称を用いるのが定型である」と説明しています（いわゆる「人称転換」）。確かに第1講でも触れた八千矛の神の歌（「神語」と名付けられています）も、事情・

経緯を客観的に述べる導入部から、登場人物を視座とする叙述へと転換しています。

八千矛の　神の命は　八島国　妻枕きかねて　遠遠し　越の国に　賢し女を　有りと聞かして　麗し女を　有りと聞こして　さ婚ひに　あり立たし　婚ひに　あり通はせ　大刀が緒も　いまだ解かずて　襲をも　いまだ解かねば　嬢子の　寝すや板戸を　押そぶらひ　我が立たせれば　引こづらひ　我が立たせれば　青山に　鵺は鳴きぬ　さ野つ鳥　雉はとよむ　庭つ鳥　鶏は鳴く　心痛くも　鳴くなる鳥か　この鳥も　打ち止めこせね　いしたふや　天馳使　事の語言も是をば

八千矛の神の命は、広い大八島国の中でも妻を持つことに満足できないで、遠い遠い越の国に賢い女がいるとお聞きになって、麗しい女がいるとお聞きになって、求婚に出発され、求婚に通われ、到着すると、大刀の紐もまだ解くこともなく、上着の紐もまだ解かないうちに、乙女が寝ておられる家の板戸を押しながら私がお立ちになっていると、引っ張りながら私がお立ちになっていると、青々とした山に鵺は鳴いてしまった。野の鳥である雉は叫ぶ。庭の鳥である鶏は鳴く。忌々しくも鳴く鳥だな。この鳥たちを殴って止めさせてくれよ。付いて来ているか、天馳使よ。私の言いたいことも、こういうことだ。

「押そぶらひ我が立たせれば」の辺りで、客観的叙述から主観的叙述へと転換しているのですが、その転換点では、「我が」と言いながら、その動作に敬語が用いられています（「我が立たせれば」の「せ」は尊敬の助動詞「す」）。このような視座を一つに定めない自由さは、歌謡の特徴と言ってよいでしょう。万葉和歌の長歌では、「人称転換」の例が山上憶良の七夕歌（巻八・一五二〇）に、自称敬語の例が節度使に賜わった天皇の御製（巻六・九七三）などに見えますが、両方を持つ作は見られません。

結局、『日本書紀』のように舎人の視座で一貫させることも、『古事記』のように外側から述べる視座から天皇への視座へと転換させることも、どちらも可能なのです。それは、記紀いずれが原形か、といった問い方をすべきではないのでしょう。一つの歌謡をめぐって、複数の解し方があり得て、それぞれに一つを選んだのだと捉えられます。

そして、それは、記紀それぞれがそのような雄略像を作っているのだとも言える。記紀ともに、葛城山では、この狩の話とは別に、一言主神（ひとことぬし）という神と出会う話が語られています。『古事記』の筋立ては、自分たちと同じような格好をした一行を見て、神と知らずに恫喝した雄略が、それと知ると恐れ入って武器を捨て、臣下たちの装束を脱がせて、ともに奉献し、神はそれを納めて天皇を長谷まで送る、というものです。ところが『日本書紀』では、雄略は最初から神と見抜き、互いに名乗り合ってともに狩を楽しみ、うやうやしく話をして、民は有徳の天皇と讃えたと伝えているのです。それは、『日本書紀』の勇敢に猪に立ち向かう雄略像に通じるでしょう。同時に、視座の変更を持たず、臆病な舎人の立場で一貫する「整った」歌謡の捉え方もそこに通じていると思われます。

自分で射た猪に逆襲されて木に逃げ登る『古事記』の雄略はどうでしょうか。土橋氏は天皇の命を助けた榛の木を誉めるのがこの話の主旨であるとし、『新編日本古典全集』も、「榛の木の枝」が歌の中心だという理由で、同様に解しています。しかしそれはやはり不自然ではないでしょうか。人に対しては権威的にふるまうけれども、自分より上位の権威や言うことをきかない獣に出会うと滑稽なほどにあわてふためく雄略像を『古事記』は造形していると私は考えます。そして自称敬語を使いつつ、自分が逃避した次第を天皇自身が歌う、という融通無碍（ゆうずうむげ）な歌謡のあり方は、その滑稽さをよく演出していると思うのです。

■「マジック・キング」の畏敬と滑稽――袁杼比売求婚譚と『万葉集』巻頭歌

嬢子の　い隠る岡を　金鋤も　五百箇もがも　鋤き撥ぬるもの

娘が隠れている岡を、金の鋤（スコップ）を五百丁くらいほしい、掘ってどけてくれようものを。

雄略記の物語は再び女性との関わりに戻り、春日（第1講図1参照）の丸迩氏の女、袁杼比売への求婚譚へと進みます。例によって、雄略は女のところに求婚に向かう。ところが道で偶然出会った袁杼比売は、恐れて岡の向こうに隠れてしまいます。雄略の暴力的なふるまいは、天下に知れ渡っていたのでしょう。そこで雄略が歌ったとされるのが掲出の歌。権力にまかせて金鋤を集め、岡ごと掘りのけてしまえ、というのです。袁杼比売が脅えて逃げ隠れするのも当然というものでしょう。

野山における女性との出会いという点で、ただちに連想されるのは、『万葉集』の巻頭歌です。

籠もよ　み籠持ち　ふくしもよ　みぶくし持ち　この岡に　菜摘ます児　家告らせ　名告らさね　そら
みつ　大和の国は　押しなべて　我こそ居れ　しきなべて　我こそいませ　我こそば　告らめ　家をも
名をも

籠もまあ、良い籠を持ち、ふくし（菜を掘るヘラ）もまあ、良いふくしを持って、この岡で菜をお摘みの子よ。家はどこかおっしゃい。名前をおっしゃいな。（そらみつ）大和の国は、押し靡かせて私が支配しているのだ。敷き靡かせて私が君臨しておられるのだ。私から言ってしまうぞ、家も名前も。

菜摘をする子の籠やヘラを誉め、おだてた上で家や名を尋ねる。相手がとまどって従わないと見ると、自分は大和の国を靡かせるように支配する者だと、自称敬語まで使ってほのめかす。その上で、自分の方から家も名も名乗るぞ、と言う。王の側から言わせるつもりか、という恫喝です。隠れた女を、岡を掘り崩して見つけ出そうというほどではないにしろ、やはり相当に暴力的と言ってよいでしょう。『万葉集』の雄略像は、『古事記』のそれと類似しています。

品田悦一氏は、『古事記』の物語は、雄略すなわちワカタケルが、その名の通り猛々しい王者として想像され、とてつもない活力の持ち主として畏敬と讃仰の対象となっていた事情を語るのだと言っています（「雄略天皇の御製歌」『セミナー万葉の歌人と作品』第一巻、和泉書院、一九九九）。そしてその伝承上の雄略像を支えたのは、J・フレイザー『金枝篇』（一八九〇）に描き出されたようなマジック・キングの観念、王権の存在理由を王自身の生命力に求めるアルカイックな思考法だったと推測します。赤猪子を老婆にした八十年を経ても、一向に老いることのない雄略（記は雄略の条の末尾に百二十四歳で崩御したと記しています）は、まさにマジック・キングと呼ぶに相応しい。

しかし品田氏は同時に、「万葉時代は決して原始時代ではなかった。底辺の社会はなお未開の状態に甘んじていたにせよ、万葉集を生み出したのは、大陸の文明を受容した支配層にほかならなかった。……彼らはアルカイックな諸観念にどっぷり浸っていたわけではなく、それらをある程度は対象化できる位置に立っていた。マジック・キングの観念にしても、それは単に保存されてきたのではなく、ある事情から意図的に択び取られ、誇張されたものだったのではないだろうか」と言います。

『古事記』の雄略像が決して実像に近いとは言えないことは、第1講に述べた通りです。それは律令時代の支配層の創り出した共同幻想であり、彼らにはそれが必要であったのでしょう。品田氏は、その必要性を、

「大唐帝国の圧倒的文明に痛切な憧憬を抱きつつ、それだけに深刻な劣等感に苛まれた人々が、文明の世界性を相対化しようとして文化の固有性を楯にとり、それを自分たちの国家意識の中心に据えようとした」ところに求めています。

『古事記』は、序に「上古の世は言意並びに朴にして、文を敷き句を構ふること、字に於きては即ち難し」（原漢文。上古の世は言葉も、その意味もともに素朴で、どのように文字に書き表したらよいかが難しい）、と述べています。成立（和銅五（七一二）年）のおよそ百年前の推古朝（五九三―六二八）を末尾とする『古事記』は、文字通り「古」の事を記した書であり、その描く世界は、今の世、奈良朝からすれば「言意並びに朴」であるにほかならない。見たように、雄略のようなマジック・キングは、「畏敬と讃仰の対象」であるばかりでなく、その卑小さ・滑稽さを笑われる面もありました。それは、奈良朝の現代から見た未開の過去であったのでしょう。これが自分たちの固有の過去である、と提示する裏側には、そこからこれだけ文明化した我が歴史を誇る意識もあったのではないでしょうか。大宝律令の完成した翌年、大宝元年（七〇一）元日の朝賀のことを、『続日本紀』は、「文物の儀、是に備はれり」と、その盛大さを讃えています。さらに、唐の長安を模した壮麗な平城京に遷都（和銅三年（七一〇））して間もなく、『古事記』は成立しました。

その中で歌謡は、和歌に比べて「朴」な言葉としてあったのでしょう。和歌のように明快に分節された心情表現を共有するのではなく、プリミティブな「擬樹法」的発想法と、放恣な展開、融通無碍な主体といった自由な言葉であることを共通の了解とし、遠い過去に相応しい言葉として記されたのだろうと思います。『古事記』に見える、歌われる歌をその場で聞く集団が共有する、といった最も原初的な共同性は、実際は、大昔から語り継がれてきた、というよりも、机上で文字を操る者によって創り出されているのです。

第10講

無常観が生みだすもの

――方丈記と徒然草

渡部泰明

『方丈記』や『徒然草』は、隠者文学の代表作、などと呼ばれ、無常観をテーマにした作品としばしば言われてきた。しかし、無常観は生き生きと生きること、そしてそれを精彩に表現する触媒でもあった。どうしてそういうことが可能になるのか。共同性、すなわち、人々の心の中に共通して存在する、もやもやとした不定形で名付けがたい心情をどう表現するか、という観点から考えてみよう。

無常は生をも語る

ゆく河の流れは絶えずして、しかももとの水にあらず。淀みに浮ぶうたかたは、かつ消えかつ結びて久しくとどまりたるためしなし。世の中にある人と栖と、又かくのごとし。たましきの都のうちに棟を並べ甍を争へる高き賤しき人の住まひは、世々を経て尽きせぬ物なれど、是をまことかと尋ぬれば昔しありし家はまれなり。或いは去年焼けて今年造れり。或いは大家ほろびて小家となる。住む人も是に同じ。所も変らず人も多かれど、いにしへ見し人は、二三十人が中にわづかに一人、二人なり。朝に死に夕に生まるるならひ、ただ水の泡にぞ似たりける、不知、生まれ死ぬる人、いづかたより来りて、いづかたへか去る。又不知、仮の宿り、誰が為にか心を悩まし、何によりてか目を悦ばしむる。そのあるじと栖と無常を争ふさま、いはば朝顔の露に異ならず。或いは露落ちて花残れり、残るといへども朝日に枯れぬ。或いは花しぼみて露なを消えず、消えずといへども夕を待つ事なし。

河の流れは常に絶えることがなく、それでいてもとの水と同じではない。淀みに浮ぶ泡は消えたかと思うと浮んできて、長く止まる例はない。世の中に存在する人とその住居との関係も、これに似ている。美しい都の中で棟を並べ、甍を競っている、貴賤それぞれの人の住まいは、時代を経てもなくならないものだが、これを本当にもとのままかと調べると、昔のままの家は稀なのだ。或る家は、去年焼けて今年新築した。ある家は、大邸宅がなくなって小さな家になっている。住む人もこれと同様だ。場所も変わらず人も多いのだが、昔会ったことのある人は、二、三十人にたった一人だ。朝に死んだかと思うと夕方に生まれるというこの世の定めは、まったく水面の泡に似ている。私にはわからない。生まれる人はどこから来て、死ぬ人はどこへ去るのか。これもわからない。いっときの仮初めの住まいなのに、誰のために一所懸命になり、何のために見た目を飾るのか。その主人と住みかとが無常を競い合っているさまは、朝顔の露と何ら異なるところがない。ときには花がしぼんでも露がまだ消えないこともあるだろう、しかし消えないといっても夕方まで残ることはないのだ。

さて、では無常観の文学として有名な『方丈記』に登場してもらいましょう。例の有名な冒頭の部分です。住居とそこに住む人間の無常が、さまざまな比喩を用いて訴えられています。河の流れ、水の泡、家、朝顔の花とそこに置く露、と次々に形を変えて無常が説明されていくさまが印象的です。この場合印象的というのは、死や滅亡がのがれがたい運命としてひしひしと伝わる、ということでしょうか。そうともいえるでしょうが、どうもそれだけではなさそうです。たとえばまず河について見るなら、滔々と絶えることなく流れる河のイメージを伴っています。むしろ私たちは、ここに止まることない、力強さを感じるのではないでしょうか。次の「うたかた」(泡)も、浮んでは消えるというのですから、やはり、とどまることがない。つまり持続的に生まれ出てくるイメージが付随するのです。都の中の家のたとえもそうです。ぎっしりと密集してくらしている人々のさまが強調されているでしょう。朝顔の花も、毎日朝になるといっせいに咲きだす姿が浮んでくる。そしてそれが露にしっとりと濡れて、短い時間とはいえ美しく咲き誇っているのです。序に相当するこの部分には、たしかに死や滅亡は語られていますが、それとともに、むしろそれ以上に、生きていることの力強さ、力動感が伝わってくる。生命力といってもよいかもしれない。だからこそ死なければならぬ運命が際立ってくるとも言えますが、ここでは逆に、死を思うことが、やむことのない生の営みを浮かび上がらせていることに注目したいと思います。

序文の後、『方丈記』は、大火災、竜巻、日照り・洪水による飢饉、大地震という、四つの自然災害と、遷都という一つの人為的な被害の、「五大災厄」を語ります。それぞれに、リアルで迫真力に満ちた描写が有名です。阪神・淡路大震災、東日本大震災の時には、この中の地震の叙述が取り上げられたりしました。どれも平安京という日本史上空前の大都市だからこそ、甚大な被害をもたらした災害でした。都にすがりつくように蝟(い)集しつつ、圧倒的な数の都市民たちが生きて生活している、そのことが痛感されるように語られている。序文からうかがうことのできた、「やむことのない生の営み」のイメージは、確かにここにつながっていたのでした。死を見つめることで、生を語ろうとしていたのです。都会生活に振り回されるばかりの人生でよいのか、そう問いかけるように。では、どうしたら、どう生きたらよいというのでしょう。そこで鴨長明は、自分がたどりついた理想的な生活、理想的な住居について語り始めるのです。

■方丈の庵での生活

その所のさまを言はば、南に懸樋(かけひ)あり。岩を立てて水を溜(た)めたり。林の木近ければ、爪木(つまぎ)を拾うに乏(とも)しからず。名を音羽山といふ。まさきのかづら跡埋めり。谷繁けれど、西晴れたり。観念のたより無きにしもあらず。春は藤波を見る。紫雲のごとくして西方に匂ふ。夏は郭公(ほととぎす)を聞く。語らふごとに死出の山路を契る。秋は蜩(ひぐらし)の声耳に満てり。空蟬の世を悲しむほど聞こゆ。冬は雪をあはれぶ。積もり消ゆるさま罪障にたとへつべし。

若(も)し念仏物うく読経(どきやう)まめならぬ時は、みづから休み、みづから怠る。さまたぐる人もなく、又恥づべき人もなし。ことさらに無言をせざれども、独り居れば口業(くごふ)を修めつべし。必ず禁戒を守るとしもなくとも、境界(きやうがい)なければ、何につけてか破らん。

若し跡の白波にこの身を寄する朝には、岡屋に行き交ふ舟をながめて満沙弥が風情を盗み、もし桂の風葉を鳴らす夕には、尋陽の江を想ひやりて源都督の行ひをならふ。若し余興あれば、しばしば松の響きに秋風楽をたぐへ、水の音に流泉の曲を操る。芸はこれ拙けれども、人の耳を悦ばしめむとにはあらず。ひとり調べひとり詠じて、みづから情を養ふばかりなり。

その場所の様子を述べると、南に懸樋がある。それで水を引き、岩を組んで水を溜めている。林が近いので、薪を拾うのに困らない。名を音羽山という。正木の葛（テイカカズラ）が足跡を隠している。谷には木が繁っているが、西の方は見晴らせる。極楽往生を観じる機縁がないわけではない。春は藤が見える。紫雲のように西の方に咲きにおっている。夏には時鳥が聞こえる。その声を聞くたびに、死出の山道の道案内をしてくれと約束する。秋は蜩の声で一杯になる。どれほどはかないこの世を悲しんでいるかがわかる。冬は雪を楽しむ。自分の罪が消えるさまにたとえられるだろう。

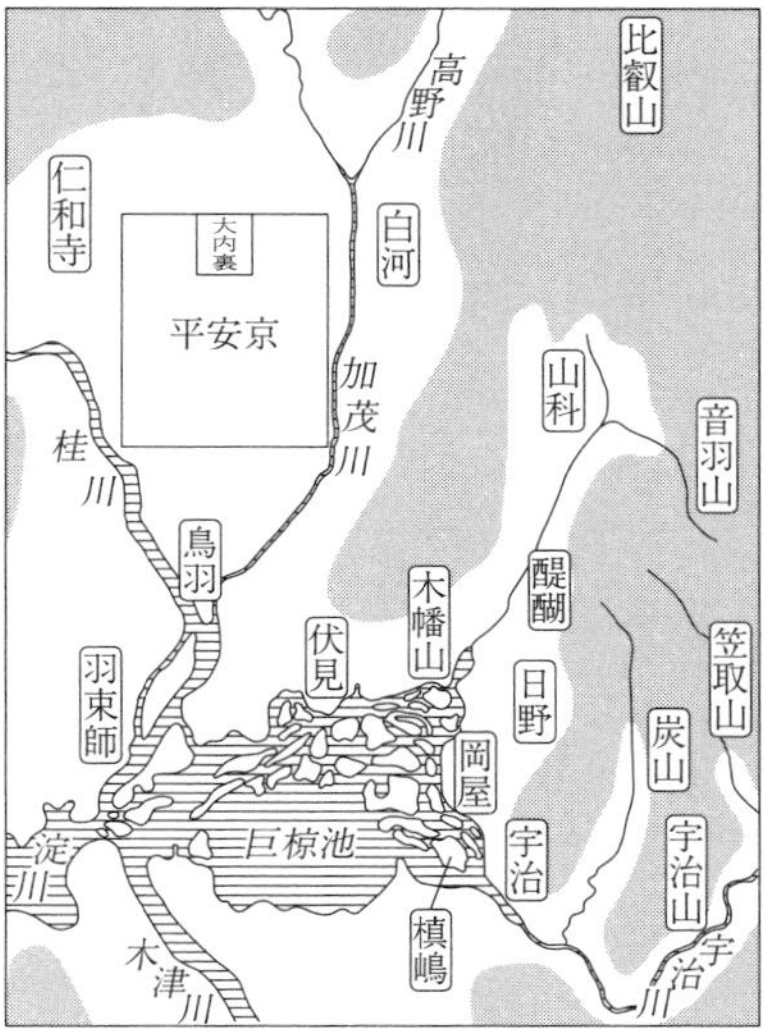

図1　方丈庵付近の地図

もし念仏や読経が億劫で集中できない時は、自分の判断で休んだりサボったりできる。邪魔をする人もいないし、恥ずかしく思う相手もいない。とくに無言行をしなくても、独りでいるから、口の罪を犯さずに済む。絶対に禁戒を守ろうと思わなくても、そういう環境がないのだから、破りようがないのだ。

もしわが身のはかなさを痛感する折には、岡屋で往来の舟を眺めて、沙弥満誓の歌に自分の境遇を重ね、もし夕方、桂の葉を風が鳴らす音に悲しみがつのるときには、琵琶を弾いて、「琵琶行」を思い、経信公を偲ぶのだ。もしさらに興が乗れば、松風の音に秋風楽の曲を合わせ、川水の音に流泉の曲を響かせるのだ。拙い腕前だけれど、誰かに聞かせようというのではない。独りで演奏し、独りで歌って、自分の心を慰めるだけのことである

ここでは、最後の「若し跡の白波に」の段落に注目しましょう。歌人であり、演奏家である鴨長明の面目躍如たる部分です。心のままに歌が詠め、感興の催すままに楽器を奏でることができる。なんて自由で、芸術的な生活なんだ、というところでしょうか。その趣旨をレトリック満載で表現したのです。ちょっと読みほどいてみましょう。「岡屋」は当時平安京の南にあった広大な巨椋池の東側の地名。長明はここで巨椋池を往来する舟を眺めていたのでしょう。「満沙弥が風情」というのは、

題しらず　　沙弥満誓(しゃみまんぜい)

世の中をなににたとへむあさぼらけこぎゆく舟のあとのしら浪　（拾遺集・哀傷・一三二七）

この世の中を何にたとえたらよいだろう。漕ぎ去って行く舟があとにのこす白波だろうか

という沙弥満誓の和歌（もともとは『万葉集』に載る作品）のことを指していて、その心情を反芻し、またそれと似た趣旨の歌を詠んだ、ということでしょう。「岡屋」は本当にそこから眺めていたのかもしれませんが、わたしは「岡」という語によって、取り立てて選ばれたと思っています。小高い岡から遠く視線を馳せていた感じが出てきます。

「桂の風葉を鳴らす夕には、尋陽の江を想ひやりて」というのは、白居易の「琵琶行」という詩にもとづく表現です。その詩の中に「潯陽江頭　夜客を送れば　楓葉荻花　秋索索たり」とあります。「楓」は普通

なら「かえで」と読みますが、古く「かつら」の訓がありました（観智院本『類聚名義抄』）。長明はこのことを意識して、風が葉を鳴らすなら何でもよさそうなのに、わざわざ「桂」の木を選びました。琵琶を表立てるためであり、白居易の「琵琶行」と桂大納言と呼ばれた源経信（つねのぶ）とを結びつけるためです。経信は琵琶の名人でした。そして長明の和歌の師匠である俊恵（しゅんえ）法師の祖父で、有名な歌人でもありました——俊恵も経信も『百人一首』に入っていますね——。沙弥満誓の和歌から経信へと、言葉の縁で結びつけながら、実にスムーズに展開していることがわかります。「琵琶行」は、九江に左遷された白居易が、もと長安の妓女で今は商人の妻となり流浪・零落の身となった女の琵琶の音に感動するという七言の長詩。作者は舟上の琵琶の音を聞くのであり、沙弥満誓の歌の「舟」からのつながりも緊密。次に出ている「秋風楽」は、実は琵琶ではなく、琴（箏の琴）の曲名です。琴だって弾くぞ、ということでしょう。「秋風楽」は「（桂の）風」と言葉の上で関連しています。「流泉の曲」は琵琶の秘曲です。またまた琵琶に戻りました。「琵琶行」には「幽咽（ゆうえつ）せる泉流　氷下に難（なや）めり」の句があり、その点で、この曲名も、「桂の風葉を鳴らす」以下の「琵琶行」に基づく表現と密接に結び合っている。こう見てみると、縁語関係がびっしりと張り巡らされていることがわかりますね。こういうレトリック過多な文章を見ると、現代のわたしたちはついつい技巧的すぎる、と眉をひそめたくなります。装飾過剰で作者の心情から隔たっている、といわんばかりに。でも、それは一面的な見方です。無常の思いにせめられ古歌に共鳴して歌い出せば、琵琶や琴を弾かないではいられなくなってくる。自分の意思で弾くというよりは、今自分のいる場がおのずとそういう思いへと導いていくということを、言葉で実現しているのです。ちっぽけな人間の欲望や意図などに引きずられない、理想的な環境にあることを宣言しているのです。

　ここで注意してほしいのは、無常観が古えの表現ととても相性がよいことです。昔から無常観は詩歌などの題材になってきた、ということもあります。けれどそれだけが理由ではありません。無常は一つの存在の永続性を否定する。すべては移り変わっていくという。それだけに、個別の存在を越えた長い時間への意識が高くなる。個々の人が滅びても受け継がれていくものへの思いを強くする。伝統とか、古典とか、そういうものを理想と仰ぐ心性を育む面があるのです。『方丈記』の無常観は、結局、和歌にひたって古典作品に共鳴する自分を見いだすことにつながり、さらに琵琶や琴の芸を受け継ぐ自分を発見することへとつながっていくのです。無常観は理想へと向かう原動力になっているといえるでしょう。

■――『徒然草』と無常観

では、無常観といえば切っても切れないくらい関わりの深い、『徒然草』を見てみましょう。例えば次の第七段の文章などは、とてもよく知られています。

あだし野の露消ゆる時なく、鳥辺山の煙立ち去らでのみ住み果つる習ひならば、いかにもののあはれもなからむ。世は定めなきこそいみじけれ。命あるものを見るに、人ばかり久しきはなし。かげろふの夕を待ち、夏の蟬の春秋を知らぬもあるぞかし。つくづくと一年を暮らすほどだにも、こよなうのどけしや。飽かず惜しと思はば、千年を過ぐすとも、一夜の夢の心地こそせめ。住み果てぬ世にみにくき姿を待ち得て何かはせん。命長ければ恥多し。長くとも四十(よそぢ)に足らぬほどにて死なんこそ、めやすかるべけれ。そのほど過ぎぬれば、かたちを恥づる心もなく、人に出で交らはん事を思ひ、夕の陽に子孫を愛して、さかゆく末を見んまでの命をあらまし、ひたすら世を貪る心のみ深く、もののあはれも知らずなりゆくなん、あさましき。

あだし野の露がいつまでも消えず、鳥辺山の煙がいつまでも止まっている——そんな風に人間がいつまでも存在し続けるならば、どれほど味気ないことだろう。世界は無常だからこそ感動的なのだ。生き物を見ると、人ほど長生きするものはない。蜻蛉が夕方を待たず死に、夏を生きる蟬が春も秋も知らない例もあるのだ。しみじみと一年間暮らすだけでも、ずいぶんのんびりできるだろう。物足りないもったいない、と思っていたら、千年生きても一夜の夢のようにあっけなく感じるだろう。いつまでも生きてはいられないこの世なのだから、醜い老いを迎えても何になろうか。長生きすれば、生き恥をさらす。長くても四十前に死ぬのが無難だろう。その年ごろを過ぎれば、容貌への恥じらいもなくなり、人前に出たがり、子孫を偏愛して晩節を汚し、彼らの将来を見届けようと長命を望み、ひたすら欲望ばかりが深くなり、物事に感じ入ることもなくなっていくのは、情けないことだ。

人がいつまでも生きているのであったら、どれほど物事の味わい深さもないことだろう、この世は無常だからこそ感動的なのだ、と断言しているのです。「もののあはれ」とはなかなかやっかいな言葉ですが、物事への深い感動・感銘と言い換えてもよいでしょう。文学のみならず芸術の底には必ず感動・感銘が存在している。文学・芸術だけではない、文化的な営みのすべてにそれは宿っている。無常観は、そういう感動・感銘を生み出す媒介となっている、と言いたいわけです。

この第七段は、兼好法師の美意識と無常観が強く結びついている例、としばしばいわれます。たしかにそうとも言えるでしょうけれども、わたしは「美意識」という言葉に引っかかってしまいます。兼好の個人的な感性に閉じ込めてしまってよいでしょうか。たしかに独自な物の感じ方ではあるものの、それが多くの人の共感を得なければ、『徒然草』がここまで時代を越えて広まることはなかったはずです。むしろ、人々が皆なんとなく感じている事柄を、独自な視点から痛快なまでに言い当てているから、『徒然草』はこれほど多くの読者を得たのではないでしょうか。「人々が皆なんとなく感じている事柄」こそ、ここで問題にしている〈共同性〉に当てはまるでしょう。

■表現行為と無常観

では、『徒然草』において、表現行為と無常観はどのように結びついているでしょうか。『徒然草』を代表する章段を例にとって、考えてみましょう。

> 花は盛りに、月は隈なきをのみ見るものかは。雨に向かひて月を恋ひ、垂れこめて春のゆくへを知らぬも、なほあはれに情深し。咲きぬべきほどの梢、散りしをれたる庭などこそ、見どころ多けれ。歌の詞書（ことばがき）にも、「花見にまかれりけるに、早く散り過ぎにければ」とも、「障（さは）ることありてまからで」なども書けるは、「花を見て」と言へるに劣れる事かは。花の散り、月の傾くを慕ふ習ひはさる事なれど、ことに頑なる人ぞ、「この枝かの枝散りにけり。今は見どころなし」などは言ふめる。

花は満開で、月はかげりないさまばかりを賞美するものだろうか。雨に向かって見えない月を慕い、閉じこもって春が暮れて行くのを知らないのも、やはりしみじみと情趣が深い。今にも咲きそうな木々の梢や、逆に散ってしおれた庭などが、かえって見る価値がある。歌の詞書などでも、「花見に出かけたが、とっくに散り終わっていたので」とか、「支障があって出向けなくて」などと書いてあるものが、「花を見て（詠んだ)」という歌に劣っていようか。花が散り、月が沈むのを恋い慕う習いはもっともなことだが、とりわけ頑迷な人だね、「この枝もあの枝も散ってしまった。今はもう見る価値もない」などと言ったりするのは。

『徒然草』百三十七段の冒頭の部分を引きました。「花は盛りに、月は隈なきをのみ見るものかは」の一文はとりわけ有名です。花と月と言えば美しい物の代表です。美しい物はできるだけ完全な状態で味わいたいのが人情というものでしょう。しかしそれは偏頗で頑迷な考え方だ、と兼好は訴えます。ずいぶん変わったことをいうものです。変わっていると思うのは現代の私だけではありません。『徒然草』が書かれてからおよそ百年後、『徒然草』のことを文章に残した人がいます。正徹という人で、『正徹物語』と呼ばれる歌論で取り上げたのですが、これが現存する資料の中で、歴史上初めて『徒然草』という書物が登場する箇所です。その中で正徹は、この「花は盛りに」という一文を引用して、こういう心性を持っているものは、兼好ただ独りだ、と述べています。これは賞賛の言葉です。ということは、正徹は共感しているはずです。でも不思議ですね。ただ一人だけが持っている感覚なら、他人には共感も出来ないではありませんか。でも個性的な感覚に私たちはごく自然に共感したりします。個性と〈共同性〉は全く相容

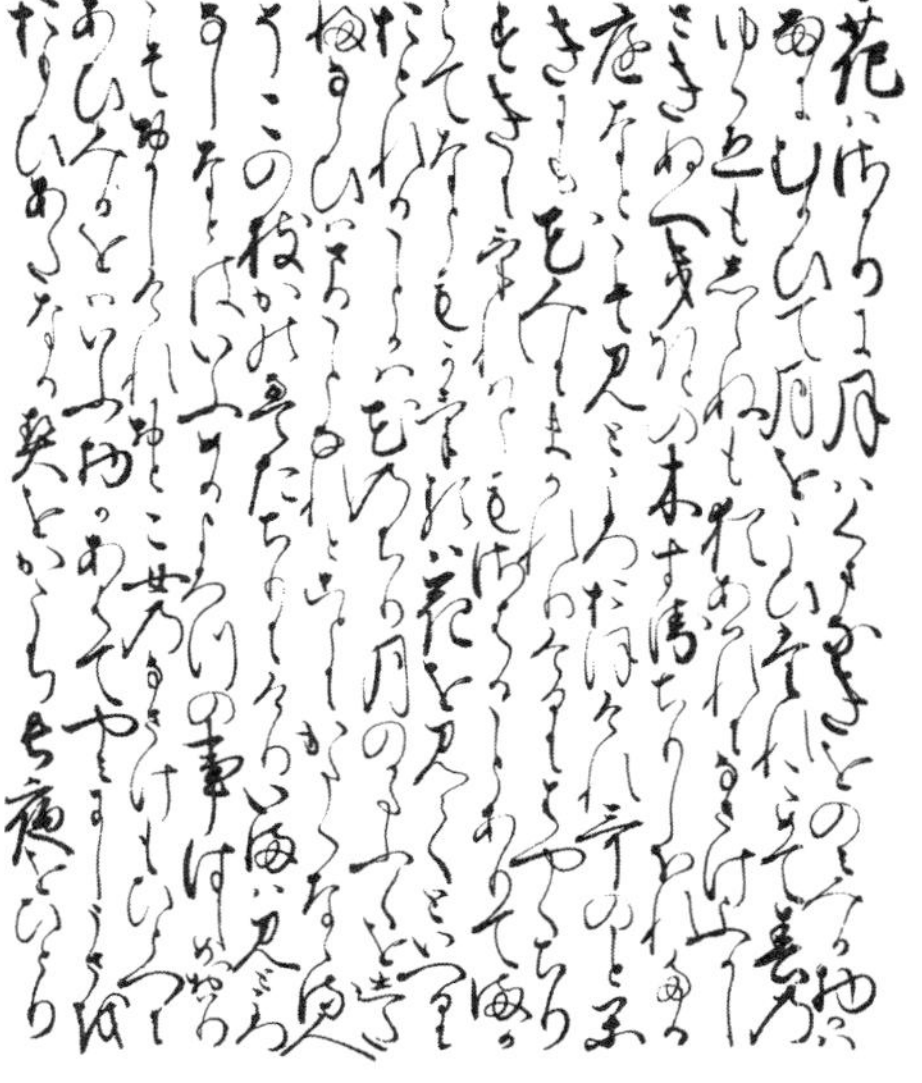

図2　正徹書写本徒然草　下巻冒頭

れないものではないということに、正徹の言葉は気づかせてくれるのです。正徹が賞賛しているのは、兼好の物の見方であり、それを表す言い方でしょう。そして言っている内容そのものが、実に共感される、というのでしょう。個性的な見方、言い方によって〈共同性〉が明らかになる、このことがなにより問題の核心にある、と思うのです。〈共同性〉とは、一回的な表現行為によってはじめて可視的になる、そういうものなのでしょう。

『徒然草』に戻りましょう。先ほどの引用では、見えない月や花を恋い慕うことや、散り果ててしまったありさまを見て花を偲ぶことが推奨されています。世の中は無常なのだから、完全な状態の美は、そうそう長続きするものではない。だから不完全な状態でも、想像力を介して美しい対象と向き合うことが大事なのだ、と言いたいのでしょう。無常観と美の捉え方が深く関わっているわけです。それにしても、まるで満開の花や陰りない月では物足りないかのようにも見え、少し言い過ぎてはいないか、と心配にもなります。実際後に本居宣長に「つくりみやび」(『玉勝間』)だとひどく批判されることにもなります。兼好がここまで言うことになったのはどうしてか、ということを考えてみましょう。

和歌を詠むことと無常観

『徒然草』の作者兼好法師は、当時は歌人としてそれなりに名が知られていました。『兼好法師集』という家集(個人の歌集)もあります。その中に次のようなやりとりが残されています。

神無月のころ、初瀬(はつせ)にまうで侍しに、入道大納言「紅葉折りて来(こ)」と仰せられしかば、めでたき枝

に檜原折りかざして持たせたれど、道すがらみな散りすぎたるを奉るとて

世にしらず見えし梢は初瀬山君にかたらむ言の葉もなし　（一〇六）

返し

こもりえの初瀬の檜原折りそふる紅葉にまさる君が言の葉　（一〇七）

神無月のこと、奈良の初瀬に出かけました際に、入道大納言（為世）が「紅葉を折って来なさい」とおっしゃったので、美しく紅葉した枝に檜の枝を飾って（従者に）持たせていたが、道中すべて散ってしまい、それを差し上げる、ということで

比類ないと思った初瀬山の梢の美しさは、あなたに語ろうと思っても、言葉もないのでした。紅葉した葉もなくなってしまいました

返歌

初瀬の檜原の枝を折って添えた紅葉はさぞ美しかったのでしょう。でもあなたの歌の言葉はそれ以上のものでしたよ

兼好法師は、二条為世（一二五〇—一三三八）という人の歌道の弟子でした。為世は藤原定家の曾孫で、この時代一番力を持っていた歌人です。歌の詞書では、「入道大納言」と呼ばれています。ある時、兼好は奈良の初瀬へ行くことになりました。あるいは初瀬にある長谷寺に参詣しようとしたのかもしれません。出かけるときに、師匠である二条為世からこんな注文がありました。初瀬の紅葉を折って持ってきなさい、と。ああ、お土産を頼んだのか、と思われそうですが、どうもそうではない。これは為世から兼好への、一種のテストではないでしょうか。紅葉を持ち帰るだけなら簡単ですが、それをどう風流にこなすか。もちろん、

和歌も添えなければならないでしょう。どんな歌を詠めばいいか。初瀬の紅葉は『万葉集』から詠まれていますし――『万葉集』では「黄葉」でしょうが――鎌倉時代にもいくつか和歌に用例がありますが、拠り所になるほど有名ではありません。一方昔から有名なものといえば檜であり、それが群生した原、すなわち檜原です。たとえば、

まきもくの檜原のいまだ曇らねば小松が原にあは雪ぞ降る　（新古今集・春上・二〇・大伴家持）

巻向の檜原はまだ曇らないのに、小松が原に淡雪が降っている

という歌が『新古今和歌集』に入っていますが、もともとこれは『万葉集』の柿本人麻呂歌集の歌で、中世でも大変有名でした。そこで、兼好は一計を案じました。この檜原の檜と紅葉とを組み合わせよう、と。紅葉を檜の枝で飾り立てたお土産を作ったのです。檜原の中で紅葉がいっそう際立つとか何とか、きっとそういう内容の歌も作ったのでしょう。ところがなんと、そのせっかくの紅葉が持って帰る途中で散ってしまった。趣向も台無しです。困った兼好は窮余の一策で、そのこと自体を詠んだ歌を作りました。それが「世にしらず見えし梢は初瀬山君にかたらむ言の葉もなし」の歌です。「こんな綺麗な紅葉は言葉にもできません、ほら、葉っぱだって無くなっているではありませんか」と洒落てみたのです。これがかえって奏功しました。先生のお褒めの和歌を頂戴したのです。テストに合格、というところでしょうか。もし葉が散らなかったらどうだったか、ですって？　もちろん結果はわかりませんが、これだけ為世が褒めているところから見て、逆にもしあのままだったら駄目だったけれどね、という声が聞こえてくるような気もしますが、いかがでしょう。ともあれ、兼好の窮余の一策は見事に当たりました。失敗転じて成功の因となったのです。それが忘

れがたくて、兼好は自分の家集に、このやりとりを記し留めたのでしょう。

さて、ここでもう一度『徒然草』百三十七段に戻ります。とくに傍線を付した「ことに頑なる人ぞ、「この枝かの枝散りにけり。今は見どころなし」などは言ふめる」の箇所に注目してください。これは花のことですが、紅葉のことと見なしてみると、先ほどの『兼好法師集』のケースにぴったり当てはまります。もし兼好が紅葉の葉が散ってしまった、もう見所もない、という頑迷な人だったら、為世に褒められることもなかったでしょう。散ってしまったことを歌に詠もうという柔軟さがなかったら、ピンチがチャンスに変わることもなかったはずです。こういう体験が積み重なって、『徒然草』のような、確信に満ちた文章が生まれてきたのでしょう。かといって、為世とのやりとりがもとになって『徒然草』が執筆された、と断言も出来ませんが、物事がどんどん変化流動していく、そこにかえって表現の契機が生まれ、人間関係さえ、つまり現実さえ動かしていくという経験は、そういう発想をする人に、選んでもたらされるものでしょう。どっちが先と言うより、経験と発想は相互的なものだと思うのです。その発想とは、簡単に言えば、固定観念を排することです。無常観は、固定観念をぬぐい去るのに、実に有効に働きます。万物は変化する、というのですから、逆に発想の自由さを促すところがあるのです。

鋭い個性的な表現が人に感動を与える。それは、人々の心の中にある、もやもやとした不定型な意識がはっきりとした形を与えられ、それによって人が、世界が一変したかのような気分を味わう、ということなのでしょう。個性と〈共同性〉の化学反応は、そこにあるのだと思います。無常観は、その化学反応を助ける触媒の働きをするのでした。

第11講

「座」から切り離された発句

――『奥の細道』と連句の〈共同性〉

長島弘明

今日の俳句の源流は、江戸時代の「発句(ほっく)」であると言われる。何人かの人が寄り集まり、五・七・五の句と七・七の句を交互つなげていく連句の、その発端の五・七・五の句が、「発句」である。しかし、この「発句」には、実は、本当に連句の発端として詠まれる場合(これを「立句(たてく)」と言う)と、実際には「発句」の後に句が続くことを予期せずに単独で詠まれる場合(これを「地発句(じほっく)」と言う)とがある。その二種の「発句」の違いを手がかりに、連句の〈共同性〉について考えてみよう。

最上川はみちのくより出て、山形を水上とす。ごてん・はやぶさなど云おそろしき難所有。板敷山の北を流て、果は酒田の海に入。左右山おほひ、茂みの中に船を下す。是に稲つみたるをや、いなぶねとは云ならし。白糸の滝は青葉の隙々に落て、仙人堂岸に臨て立。水みなぎつて舟あやうし。

さみだれをあつめて早し最上川

(『奥の細道』〔曾良本〕大石田・最上川の条)

最上川は陸奥を源として、山形領が上流である。碁点・隼などという恐ろしい難所がある。板敷山の北を流れて、果ては酒田の海に流れ入る。左右から山が覆いかぶさるようで、木の茂みの中に舟を下す。これに稲を積んだのを、古歌に「稲舟」というようである。白糸の滝は青葉の間々に落ちて、仙人堂は岸に臨んで立っている。川水はみなぎり流れ、舟は危険なほどである。

さみだれをあつめて早し最上川(降り続く五月雨〈梅雨のこと〉を集め、水は急流となって流れてゆく。この最上川の眺めよ。)

『奥の細道』の最上川の句

元禄二年(一六八九)の『奥の細道』の旅で、芭蕉は旧暦六月三日に最上川を舟で下りました。旅に同行した門人の曾良の『曾良随行日記』によれば、今の山形県北部の元合海(現在の表記では「本合海」)から乗船し、一里半ばかりの古口で手形改めのため一旦下船、舟を乗り換えて三里半先の清川までの行程でした。

折しも梅雨時の長雨で最上川は増水。おそらく、舟は飛ぶように川を下り、「あつめて早し」とは、まさにこの日の最上川の奔流を体感した芭蕉の実感であったでしょう。その時の実感を十二分に伝えるかに見える「さみだれをあつめて早し最上川」の句が、数ある『奥の細道』の句の中でも指折りの秀吟とされるのも、当然のことでありましょう。

しかし、この臨場感あふれる句は、この時にできたものではありません。あるいは、それが言い過ぎなら、この句の半分はこの時にできたものではない、と言い直しましょうか。禅問答めいていて、一体何を言っているのかわからないと言われそうですので、次に、少し詳しく具体的にお話ししましょう。

■『曾良随行日記』の記述

『曾良随行日記』の、船下りをした六月三日から五日前に当たる五月二十八日の条には、次のように記されています。

> 一　廿八日（中略）未ノ中尅、大石田一英（正しくは「一栄」）宅ニ着。両日共ニ危シテ雨不降。上飯田ヨリ壱リ半。川水出合。其夜、労ニ依テ無俳。休ス。

図 1　許六画「芭蕉行脚の図」（天理図書館蔵）
（天理図書館善本叢書 10『芭蕉紀行文集』（八木書店，1972 年）口絵）

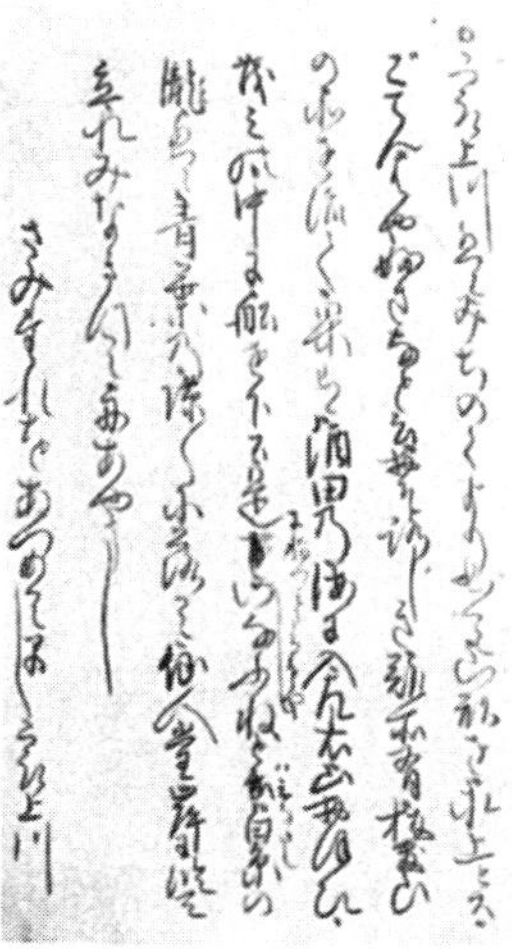

図 2　『奥の細道』〔曾良本〕（天理図書館蔵）大石田・最上川の条
（天理図書館善本叢書 10『芭蕉紀行文集』（八木書店，1972 年）58 頁）

二十八日（中略）午後二時半頃、大石田村の高野一栄宅に着いた。昨日今日は、雨は降りそうだったが降らなかった。上飯田から一里半。高桑川水が落ち合って（出迎えて）くれた。その夜は疲れたので、俳諧の会は無かった。早々に休んだ。

芭蕉はこの日の午後に大石田の高野一栄の屋敷に着いたのでした。大石田は、現在の山形県北村山郡大石田町で、最上川の川船運航の拠点として栄えていました。一栄は、通称高野平右衛門。船問屋を営み、土地の有力俳人でしたが、その家は最上川の船着き場の近くにありました。また川水は大石田村大庄屋だった高桑加助、この人も俳諧愛好者です。芭蕉と曾良は、六月一日に出発するまで、大石田に三泊します。『曾良随行日記』には、先に続けて、次のような記述があります。

一　廿九日（後からの補記「夜ニ入小雨ス。」）発・一巡終テ、翁両人誘テ黒滝へ被参詣。予所労故止。未尅被帰。道々俳有。夕飯、川水ニ持賞。夜ニ入帰。

一　二十九日（「夜に入り小雨。」）連句の発句と一巡を終えて、芭蕉翁は一栄・川水両人を誘い、黒滝山向川寺に参詣に行かれた。私は体調が悪かったので、宿にとどまった。午後二時頃にお戻りになった。参詣の道中で、俳諧があった。夕食を、川水にもてなされた。夜になって一栄宅に戻った。

五月二十九日、芭蕉は午前中に、一栄・川水・曾良とともに、連句（全三十六句の歌仙）を作り始めます。ただし、発句と一巡（連句のメンバーが、それぞれ一回、句を付けること）まで済んだ後で、黒滝山向川寺に行くために、連句は中断しています。四人で詠んだ、四吟の歌仙の「一巡」ですから、四句目までで中断したことになります。向川寺参詣の途中で、「道々俳有」というのは、連句の続きではなく、多分、芭蕉と一栄・川水が発句を詠んだことを言うのでしょう。連句を続けようにも、メンバーの一人である曾良は、一緒に行っていないわけですから。ならばその後、その連句の続きはどうなったのでしょうか。川水邸での夕食の前後にも連句の続きが行われた形跡はありません。翌日の『曾良随行日記』五月晦日（三十日）の条に、こう書かれています。

○一　晦日　朝曇、辰刻晴。歌仙終。翁其辺へ被遊、帰、物ども被書。

一　三十日　朝は曇り、午前八時頃晴れる。歌仙を巻き終えた。芭蕉翁は近くに出かけられ、お帰りになると、色々と清書揮毫なさった。

この日に残り三十二句が付けられて、歌仙は満尾したことになります。

■ 連句では「あつめてすゞし」

『曾良随行日記』の中の通称「俳諧書留」の部分には、「大石田高野平右衛門亭ニテ」と前書きして、この歌仙の全句が書き取られていますが、それとは別に、芭蕉が自ら清書したものが現存しています。その末尾には、

最上川のほとり一栄子宅におゐて興行

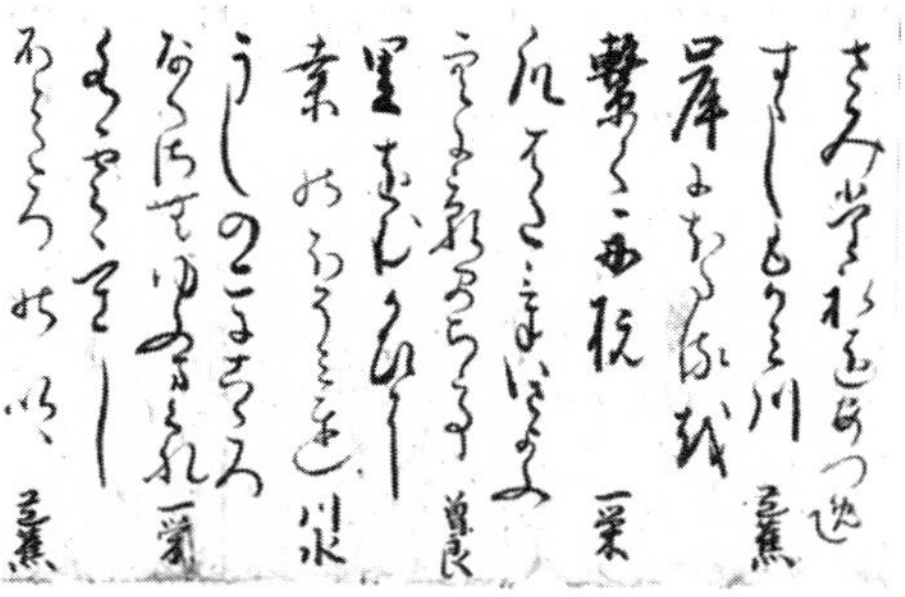

図3　芭蕉自筆「さみだれを」歌仙（個人蔵）（発句から六句目まで）
（『芭蕉全図譜』（岩波書店，1993年）図版篇164頁）

元禄二年仲夏(ちゅうか)末　　芭蕉庵桃青(とうせい)書

と記されています。『曾良随行日記』の五月晦日の条の最後に、「帰、物ども被書」とあるように、芭蕉が帰宅後に清書した原稿です。その冒頭の一巡、すなわち四句目までを掲げます。

さみだれをあつめてすゞしもがみ川　芭蕉
　岸にほたるを繋(つな)ぐ舟杭(ふなぐひ)　一栄
瓜(うり)ばたけいさよふ空に影まちて　曾良
　里をむかひに桑のほそみち　川水

「あつめて早し」ではなく「あつめてすゞし」ではありますが、『奥の細道』にある「さみだれをあつめて早し最上川」の句の初案は、この歌仙の一巡四句目までが詠まれた時、すなわち五月二十九日にできているのです。芭蕉が最上川を舟で下った六月三日より四日も前のことです。「さみだれをあつめて早し最上川」の句が、六月三日に初めてできたのではなく、半分はその前にできていたというのはそういう意味です。ただし、「すゞし」と「早し」の違いですが、「早し」という言葉の方が、最上川の水量と流れの速さを生き生きと捉えています。歌仙を巻いた一栄の家は、最上川沿いにあり、もちろん芭蕉は最上川そのものは見ていたわけですが、水かさのまさって急流となった最上川を、舟に乗って体感したわけではありません。四日後に実際に舟に乗ってみて、「早し」という言葉が初めて得られたのだと、ひとまず言うことができましょうか。

■──「客発句、亭主脇」と「連衆」「座」「挨拶」

ならば、「すゞし」という言葉は、最上川の実景と芭蕉の急流下りの実感を捉え損なった、生ぬるい表現なのでしょうか。いいえ、そうではありません。一栄宅で催された歌仙興行の発句としては、「早し」であってはならず、「すゞし」でなくてはならなかったのです。

連句に、「客発句、亭主脇」という言葉があります。連句の発句は客人（ゲスト）が詠むもの、脇句は亭主（主人、すなわちホスト）が詠むものと理解されることが多いのですが、元来は、発句は客人だと思い、脇句は亭主の心持ちで詠めという教えです。

「客発句、亭主脇」については、芭蕉以前の談林の『功用群鑑』（松意著、一六八〇年頃刊）に、

> 常に「客発句に亭主脇」と云。則、「発句をば客人と心得、脇は亭主と意得よ」との事也。たとへ閙敷時客人来りとて、其ままにはならず、何事をさし置ても時宜を云ごとく、打まかせては、ちやちやと付たるが能也。「発句は客人のする事よ、脇は亭主の付る事よ」との義にはあらず。「いつも発句は客人と思へ」となり。先挨拶の脇を仕ならひたるがよきなり。

連句ではいつも、「客発句に亭主脇」という。すなわち、「発句をお客様であると思い、脇句は亭主と思え」という事である。たとえ忙しい時にお客様が来ても、そのままにしておくわけにはいかず、何事をおいて

もまず時候の挨拶をするように、通例の句でいいから素早く付けるのがよい。「発句はお客人が詠むもの、脇句は亭主が付けるもの」という意味ではない。「いつも発句はお客様だと思え」ということである。まず、挨拶の意のこもった脇句を付ける練習をよくするのがよい。

とあり、また、芭蕉伝書という『二十五箇条』（一七三六年刊）では、

> 発句は客の位にして、脇は亭主の位なれば、己が心を負ても、発句に云残したる草木・山川の一字二字の風情を加へて、客の余情をつくすべきなり。

発句は客人の位、脇句は亭主の位であるから、脇句は、自分の心をおさえてでも、山川草木の一文字・二文字の言葉で発句が言い残した風情を補い加え、客人の位である発句の余情をまっとうさせるべきである。

と言っています。右の二つの引用では、発句よりも脇句の心得についての説明に比重が置かれていますが、脇句は発句に対して、お客様を待たせないのと同じような配慮や、自分の気持ちを抑えてでも、相手の言い足りない所を補う配慮が必要だということを強調しています。そして『功用群鑑』では、「挨拶」の句によくよく習熟せよといっています。こうした配慮や「挨拶」が不可欠であるのは、もちろん発句においても同じです。

連句を共同で作る人たちを「連衆」といい、今、その「連衆」が一体となって連句を作りつつある場を「座」といいます。連句は、まさに「座」の文学なのです。単に句作りの空間と時間を共有すれば、「座」に

なるわけではありません。連句作りの場が「座」となるためには、「連衆」同士が、我と彼が別々の人間でありながら、同時に彼我一体となるような場とならなくてはなりません。連句では、他人の前句を解釈し自分の付句（つけく）を付けますが、その自分の付句は次の人の前句となり、その人によって解釈され、新たな付句が付けられます。解釈する者と解釈される者が不断に入れ替わり、また解釈（前句の解釈）と創作（付句の創作）が一連一体となって繰り返されるうちに、そしてそうすることによってのみ、自他別々でありながら自他一体であるところの独特の空間・時間――すなわち「座」となってゆくのです。この独特の共同性をもった「座」という文学的空間・文学的時間の始発に位置し、「座」の奥へ奥へと「連衆」をいざなっていくのが、ほかならぬ、巻頭の発句と次の脇の間で交わされる「挨拶」です。

■――「すゞし」にこめられた芭蕉の「挨拶」

一栄亭での連句に戻って、具体的に見てみましょう。芭蕉の発句は、

さみだれをあつめてすゞしもがみ川

でした。「すゞし」の語によって、まさに客である芭蕉は、今日の歌仙興行の行われている屋敷の主人であり、芭蕉を迎えた大石田俳壇の主人でもある一栄に挨拶しているのです。句の意味は、座敷から見る最上川は、折からの五月雨（梅雨）で増水しているが、その眺望もあってか、しばし暑さを忘れ実に涼しい思いがする。このような座敷で皆さんと歌仙を巻くことができるのも、ひとえに亭主の一栄殿の御配慮の賜物です、

といったところでしょうか。

「すゞし」は、最上川の眺望への視覚的印象であり、また実際にひんやりした座敷で感じた皮膚感覚でもあるわけですが、いずれも亭主の配慮を讃えて感謝する「挨拶」になっています。それだけではありません。「すゞし」は、風雅に心を寄せる一栄の心のすがすがしさ、人柄への直接の讃辞でもあるのです。この連句の発句において、「すゞし」という言葉は不可欠です。「早し」などという言葉であってはなりません。季語は「さみだれ」「すゞし」でもちろん夏です。

それに対し、一栄は、

岸にほたるを繋ぐ舟杭

という脇を付けています。川岸に係留してある舟にとまった螢（夏の季語）が、光っている情景でしょう。発句の「すゞし」げな最上川に対して、やはり涼しげな水辺の螢で応じたものです。やや遠景の発句に対して中・近景の岸辺を付け、時刻を宵に定めていますが、「螢」というごく小さな景物を出して風情を添えている所は、まさに先の『二十五箇条』が言うとおりの、「発句に云残したる草木・山川の一字二字の風情を加へて、客の余情をつく」した句であり、まことに脇のお手本となるような句です。螢は乱舞しているものではなく、あるいは一匹が空中をゆらゆらと飛んでいるものではなく、舟杭に繋がれた舟にとまった一匹がかすかな光を放っている情景を思い浮かべるべきでしょうか。舟杭は岸に舟を繋ぐためのものだと思っていたが、岸に螢を繋ぐものでもあったことを発見したぞ、という軽い機知が、この句には働いています。

■―― 一栄の「挨拶」

さて、この脇句で、一栄はどういう風に芭蕉に「挨拶」を返しているのでしょうか。そのヒントは、冒頭に引用した『奥の細道』の文章の、その直前の文章にあるのです。それはこういう文章です。

もがみ川乗らんと、大石田と云ところに日和を待。爰に古き誹諧のたね落こぼれて、わすれぬ花のむかしをしたひ、芦角一声の心をやはらげ、「此道にさぐりあしして、新古ふた道にふみまよふといへども、道しるべする人しなければ」と、わりなき一巻を残しぬ。このたびの風流爰にいたれり。

最上川を舟に乗って下ろうと、大石田という所で晴天を待った。ここには古い俳諧が伝わり、今も昔の花やかだった頃を慕い、辺鄙な田舎人の心を和らげながら、「俳諧の道を、闇夜の道を足でさぐりつつたどるように、新風と古風の二つの道のどちらに進もうか踏み迷っているけれども、しかるべき指導者がいないので」と頼まれて、しかたなく歌仙一巻を巻いて残した。今回の奥州行脚の俳諧の風雅は、この連句に極まった。

ちょうどこの頃、江戸も上方も、言葉の滑稽を第一とし、人事句に比重を置く貞門・談林風の俳諧から、元禄の新風と呼ばれる、景気（風景）の句中心の俳風に改まりつつありました。地方俳壇も同じような状況で、一栄らここ大石田俳壇の俳人たちも、「道しるべする人」がいず、「新古ふた道にふみまよ」っている、ちょうどその時に芭蕉の大石田来訪があったのです。右の文章は、地の文が、はっきりした境目なしに、いつのまにか大石田の俳人の言葉に変わってゆくような文になっていますが、少なくとも、「此道にさぐりあしして、新古ふた道にふみまよふといへども、道しるべする人しなければ」は、芭蕉が聞いた、一栄ら大石田の俳人たちの言葉でしょう。「さぐりあし」とは、暗闇などで足もとが見えない時、足で地面を探りながら進むこと。つまり、一栄らは、「新古どちらへ行ったらよいか、暗闇の中にいるようなものです」と、芭蕉に訴えたのでしょう。そして、五月二十九日、三十日の連句の会は、芭蕉に新しい俳諧の「道しるべ」――実地指導をお願いする、大切な機会だったのではないでしょうか。

とすれば、宵闇の中でかすかな光を放つ螢とは、暗中模索の一栄らに進むべき道を指し示す、芭蕉その人にほかならないのではないでしょうか。そしてその螢が岸に繋がれたことは――すなわち、芭蕉が最上川河岸に滞在してくれたことは、我々にとってどんなにうれしくありがたいことでしょうと、句は言っているように見えます。さらに言えば、一匹の螢の光が灯る舟、――かろうじて舟杭によって岸に繋ぎ留められ、川中に漂い出て行方知れずになることを免れている舟は、大石田の俳人たちの姿に重なるような気さえします。これが、一栄が芭蕉に返した「挨拶」ということになります。

■――「座」の共同性

こうした「挨拶」が交わされる濃密な空間と時間こそが、「座」と呼ばれる特権的な空間・時間なのです。同じ「座」にある者のみが、言葉を媒介にしながら、その言葉を越えた地点に開けてくる共同体的な感情や感性を、その場限りという限定付きで共有することができます。この間の事情を、土芳(とほう)の『三冊子(さんぞうし)』(赤さうし)によれば、芭蕉は次のように説明しています。

席に望て文台と我と、間に髪をいれず、思ふ事速に云出て、爰に至て迷ふ念なし。文台引おろせば即反故也。

俳席に臨んでは、懐紙を載せる文机と自分の間に間髪を入れず、思うことを瞬時に言葉にして、迷ってはいけない。句を書き留めた懐紙を文机から引き下ろせば、それはもう屑紙に過ぎない。

また許六の『篇突』では、

誹諧は文台上にある中とおもふべし。文台をおろすと、ふる反古と心得べし。

俳諧は文机の上にあるうちだと思わなければならない。文机から下ろすと、それは古屑紙だと心得るがいい。

と芭蕉の言葉を紹介しています。「座」はいつまでも続くものではないのだから、「座」に臨んだら即座に句を付けよ、という教訓に重点が置かれていますが、これらの芭蕉の言葉で一番重要なのは、連句の本当の命は、それが作られつつある「座」が続いている間にだけ輝くもので、連句が満尾し、懐紙に書き取られた文字となって、文台から引き下ろされた時には、その命の輝きを失うと言っている点です。たしかに我々は、懐紙に記載された句々から、ある程度まで「座」の雰囲気を追体験することはできます。しかしそれはあくまでも「座」の残り香であり、観念の中で再構成された「座」の残像であるに過ぎません。

一栄らとの「座」においては、芭蕉の発句は、

さみだれをあつめてすゞしもがみ川

であり、またそうでなくてはならなかったのですが、それは、元禄二年五月二十九日と三十日の高野一栄の座敷において、芭蕉・一栄・川水・曾良の四人の「連衆」の前にある文台の上で、この形でなくてはならなかったということです。言い換えれば、この句の形を共有するところの特異な共同性が、「座」というものの本質であるのです。

■――文台から引き下ろされた発句と『奥の細道』の虚構性

もちろん、文台から引き下ろされたこの発句が、いつまでもこの形で有効なはずがありません。『奥の細道』の旅の三年後、ということは、一栄宅での歌仙興行の三年後、元禄五年の七月以降に、芭蕉は『奥の細道』の執筆に取りかかりますが、その時芭蕉はこの発句の「あつめてすゞし」を「あつめて早し」に改め、一栄宅での「座」から完全に切り離し、句から「挨拶」を払拭して、属目の景を詠んだ的確な写生句として再生させました。一栄の座敷では「連衆」の共有であった立句(たてく)(連句の発句)は、『奥の細道』では芭蕉一人の専有物である地発句となり、最上川の川舟に乗った芭蕉の口からうたいあげられています。芭蕉は、『奥の細道』では連句を捨てたのです。

この大石田の部分には、いくつもの虚構が施されています。「もがみ川乗らんと、大石田と云ところに日和を待」と書き始められ、あたかも大石田から乗船したような文章になっていますが、実際には大石田からは馬に乗って出立し、さらに新庄に二泊、その後、ようやく元合海からの乗船です。また、「日和を待」ですが、大石田に着いた五月二十八日は雨は降りそうで降らず、二十九日は「夜ニ入小雨ス」とある所を見ると、おそらくは終日曇り、晦日は朝は曇りで辰の刻からは晴れ。日和を待つまでもありません。一日中雨が降っている日などはないのです。何よりも、「さみだれを」の句の初案が、舟下りとは無関係に、すでに四日前にできあがっていることが、最大の虚構でしょうか。「さみだれをあつめて早し最上川」の句の前に、句を引き立たせる「水みなぎつて、舟あやうし」という言葉がありますが、ひょっとすると、これも真実そうであったかどうか、疑えば疑えるかもしれません。

しかし、それでいいのです。『奥の細道』は、芭蕉の旅の経験を正確に再現したルポルタージュ、あるいはノンフィクションではありません。『曾良随行日記』の記事との照合によって、『奥の細道』は随所に虚構が構えられていることが、現在明らかになっています。『奥の細道』は、芭蕉とおぼしき旅人を主人公として、陸奥から北陸へかけての様々な旅の経験を描いた、一種の私小説なのです。そこには、発句が沢山書き込まれています。発句は虚構ととても相性がいいのです。けれども、『奥の細道』に、連句が書かれることはありません。連句を書き込むと、字数が多くなりすぎるということが一番の原因かもしれませんが、そもそも私小説的な紀行文の中に連句を切り取って入れるということが、連句の性格になじまないからです。「連衆」の全員を紀行文中に登場させ、句会であった出来事や会話について、どれほど克明な描写を連ねたとしても、所詮「座」の復元は不可能です。文台から引き下ろされた反古に適当に虚構を加え、連句を命あるものとして紀行文中に押し込むことは大変難しい。連句の命がその場限りの「座」そのものであり、その「座」に内面化された一種の連帯的感情は、懐紙に書き取られた連句からは感じようがないものであるからです。

芭蕉は、『奥の細道』の中で、「さみだれを」の句を、連句としては捨て、発句としてかろうじて拾い上げ

ました。切り捨てられた連句の共同性、連帯感情は、その発句にではなく、実はその前の、

もがみ川乗らんと、大石田と云ところに日和を待。爰に古き誹諧のたね落こぼれて、わすれぬ花のむかしをしたひ、芦角一声の心をやはらげ、「此道にさぐりあしして、新古ふた道にふみまよふといへども、道しるべする人しなければ」と、わりなき一巻を残しぬ。このたびの風流爰にいたれり。

という文章（再掲）の中に、ごくつつましやかな形で、ひっそりと、未練がましく残っていると感じるのは、僻目（ひがめ）でしょうか。芭蕉が一栄宅で体験した「場」は、現在、文台から引き下ろされた芭蕉の清書原稿（巻子本に仕立てられています）と、『奥の細道』の控えめな記述の中に、わずかに名残をとどめているのです。

第12講　演技する「小説家」
――志賀直哉『城の崎にて』を中心に

安藤　宏

近代の作家たちは狭い同人雑誌の人間関係を進んで題材にしあい、あえてそれを大舞台に発表することによって、自分たちが小説を書きやすくするためのバーチャルな共同体を作り上げていった。逆に言えば、こうした舞台空間を作中に作ることに成功したからこそ、彼らは日常の些細な出来事を小説の題材にすることができたのである。志賀直哉の『城の崎にて』が〝名作〟に育っていくプロセスを例に、この問題を考えてみることにしよう。

自分は踞んだまま、傍の小鞠程の石を取上げ、それを投げてやつた。自分は別に蠑螈を狙はなかつた。狙つても迚も当らない程、狙つて投げる事の下手な自分はそれが当る事などは全く考へなかつた。石はこツといつてから流れに落ちた。石の音と同時に蠑螈は四寸程横へ跳んだやうに見えた。（略）蠑螈は死んで了つた。自分は飛んだ事をしたと思つた。虫を殺す事をよくする自分であるが、其気が全くないのに殺して了つたのは自分に妙に嫌な気をさした。素より自分の仕た事ではあつたが如何にも偶然だつた。蠑螈にとつては全く不意な死であつた。自分は暫く其処に踞んでゐた。蠑螈と自分だけになつたやうな心持がして蠑螈の身に自分がなつて其心持を感じた。可哀想に想ふと同時に、生き物の淋しさを一緒に感じた。自分は偶然に死なかつた。蠑螈は偶然に死んだ。自分は淋しい気持になつて、漸く足元の見える路を温泉宿の方に帰つて来た。（略）死なななかつた自分は今かうして歩いている。さう思つた。自分はそれに対し、感謝しなければ済まぬやうな気もした。然し実際喜びの感じは湧き上つては来なかつた。生きて居る事と死んで了つてゐる事と、それは両極ではなかつた。それ程に差はないやうな気がした。

■―『城の崎にて』の世界

本講では、実作を通して第8講の問題を具体的に考えてみることにしましょう。人口に膾炙した名作であるほどよいと思うので、志賀直哉の『城の崎にて』（「白樺」大正六年五月）を取りあげてみることにします。

この小説は志賀直哉、ひいては近代を代表する「私小説」として広く知られています。主人公の「私」は事故で瀕死の重傷を負い、回復はするものの、医師からは脊椎カリエスを発症する可能性があると言われ、

二、三年、経過を見ることになります。保養で兵庫県の城崎温泉に出かけるのですが、自分の「命」の〝猶予期間〟から見ると、普段気にもとめなかった身近な小動物たちの、その生きる淋しさのようなものが、それまでとは違った意味を持って自覚されてくることになります。

仲間たちに置き去りにされ、寂しく死んでいく一匹の蜂、首に串を刺し通されながらもなおかつ助かろうとしてあがく鼠、何気なく放った石に当たって死んでしまった蠑螈（ゐもり）……。これらを通して「私」が結末で到達したのは、「生きて居る事と死んで了つてゐる事と、それは両極ではなかった。それ程に差はないやうな気がした」という、ある種老荘思想的な解脱の境地なのでした。

この小説は一見思いつくままにエピソードが書き連ねられており、エッセイに近い印象を受けます。けれども実はそこには幾重にも「小説」としての仕掛けがほどこされている点に、以下、注目してみたいと思うのです。

図1　志賀直哉『夜の光』
（新潮社，大正7年1月（「城の崎にて」収録））

まず、直接の題材は三週間の温泉保養期間なのだけれども、実際にはそれを挟むより大きな時間が射程として含まれています。脊椎（せきつい）カリエスにならなければ命は助かるだろう。という冒頭の一節を受けて、結末は、「それから、もう三年以上になる。自分は脊椎カリエスになるだけは助かつた。」という一節で結ばれている。右の「なるだけは」という記述からは、自分は、たまたま今回助かったけれども、実は人生それ自体、この三年のモラトリアムと果たしてどこが違うのか、という含意を読み取ることができるでしょう。こうした思いは、引用にある、「生きて居る事と死んで了つてゐる事と、それは両極ではなかつた。それ程に差はないやうな気がした。」という認識とも別のものではありません。一見、数週間の温泉体験を扱っているように見えて、実は、三年以上の歳月のうちに、一人の人間の中で老荘思想的な世界観が醸成されていく、その精神的なプロセスが描き込まれているわけです。

■——「小説家」の物語

この場合重要なのは、「自分」が単なる一般人ではない、ということです。「小説家」という、大変特殊な立場に身を置く種族である。極端に言えば、個々の体験も、単に一般人としての経験なのではなく、「小説家」として何を語るかという課題——世界観の変化や小説家としてのキャリア——と不可分のものとして語り出されているという事実です。

自分はその静かさ（引用者注—働き蜂に死の静謐が訪れたこと）に親しみを感じた。自分は「范の犯罪」といふ短編小説をその少し前に書いた。范といふ支那人が過去の出来事だつた結婚前の妻と自分の友達だつた男との関係に対する嫉妬から生理的方面の圧迫もそれを助長してその妻を殺す事を書いた。自分はそれに范の気持を主にして書いた。然し自分は今は范の妻の気持を主にして、仕舞に殺されて今は墓の下にゐる、その静けさを書きたいと思つた。「殺されたる范の妻」を書かうと思つた。それはとうとう書かなかつたが自分にはそんな要求が起こつてゐた。其前からかゝつてゐた長篇の主人公の考へとはそれは大変異つて了つた気持だつたので弱つた。

右に言う「范の犯罪」というのは「白樺」の大正二年（一九一三）一〇月号に発表された志賀直哉の実作のことで、熱心な読者ならば当然、この一節に小説家「志賀直哉」の創作の軌跡を重ね合わせて読んだにちがいありません。ちなみに『范の犯罪』には次のような死生観が主題化されていました。

其時は其時だ。其時に起ることは其時にどうにでも破つて了へばいいのだ。破つても、破つても、破り切れないかも知れない。然し死ぬまで破らうとすればそれが俺の本統の生活といふものになるのだ。

自己に忠実に生きようとする強い意思、とでも言ったらよいのでしょうか。デビュー当初の志賀直哉が追究した「自我」の輪郭が鮮烈に浮き上がってくる一節です。『城の崎にて』に描かれる静謐な「死」への親しみとは、まさに対照的であると言っていい。旧作の引用、という形をとることによって、作中の様々なエピソードは、単に一介の生活人の感慨にとどまるものではなく、同時に「志賀直哉」という小説家の、人生観の深化の歴史として示されることになる。仮に温泉滞在の逸話を表のストーリーだとするなら、それはいわば、「あらすじ」には還元できない、裏側にあるメタ・メッセージだと言ってもよいでしょう。その小説がどのような経緯を経て成立したのか、という舞台裏のプロセスを、同時に水面下に示していくメッセージです。こうした「もう一つの物語」が物語それ自体に組み込まれていることが、いわゆる「私小説」と呼ばれる作品群の最大の特徴なのではないかと私（安藤）は考えています。

コンテクストとしての『善心悪心』

読者が参照していたと思われるコンテクストは単にそれだけではありません。たとえば「自分」は事故のあとの怪我の療養に来たのだと言いますが、これもまた、熱心な読者ならば、前年、同じ白樺派の里見弴(さとみとん)が発表した文壇デビュー作、『善心悪心(ぜんしんあくしん)』(「中央公論」大正五年(一九一六)七月)で、怪我をした経緯がより詳しく取り上げられていたことを思い起こしたにちがいありません。

『善心悪心』は里見弴の本格的な文壇デビュー作であり、生涯の代表作でもあります。内容は、里見弴を思わせる主人公昌造と、志賀をモデルにした佐々という人物との愛憎相半ばする友情を中心に展開します。佐々のあまりにも強烈な個性、潔癖な倫理観に圧倒され、ともすれば呑みこまれそうになってしまう昌造は、いっそ佐々が死んでいなくなってくれればいい、などといった「悪心」を抱くことすらある。けれども佐々が事故に遭った時、必死に介抱している自分に気づき、自分の中に「善心」のあることも自覚するわけです。題名の「善心悪心」もそこから来ているのですが、この小説が発表されたのは雑誌「中央公論」で、当時その創作欄は文壇の花形とも言うべき表舞台でした。志賀直哉も里見弴もまだデビュー間もない新進気鋭で、『善心悪心』を目にした一般読者は、おそらく新時代の若者たちの悪びれることのない自己表現のあり方に驚きを禁じ得なかったことでしょう。それからわずか一年後に『城の崎にて』を読んだとき、内容から『善心悪心』を思い起こした読者も少なくなかったはずです。事故に遭った志賀がその後どうなったのか、という卑俗な関心から読んだ人もいたかもしれません。今と違ってテレビもラジオも週刊誌もない。ネットで経緯を検索することも不可能な時代だったわけですから……。そう考えると、『城の崎にて』の冒頭で事故の経緯を述べた部分も、事件の〝その後〟に読み手の注意を喚起するためのさりげないシグナルであったと考えられるわけです。

むろん、そんなことを少しも知らなくても、今日われわれは、『城の崎にて』から、一個の死生観を獲得していく物語を読むことができるでしょう。しかしその水面下で、同時に小説家「志賀直哉」の人格陶冶の物語、という、独自の伝承がひそかに発信されていたという事実に、ここであらためて注目しておきたいと思うのです。

■――小説の中の小説

『善心悪心』には、昌造が佐々との関係を自ら小説に書いて佐々に見せる場面が登場します。その小説の名前は「蟬脱（せんぜい）とづるぐべつたり」。蟬脱というのはセミの抜け殻のことで、文字通り、抜け殻のような自身の生き方を、嫌悪と自嘲を以て描いた小説、ということになっています。『善心悪心』の中の言葉を借りると、「幾度か生活を改めやうと志（こころざ）しては幾度も失敗に終る意力のない生活を書いた自叙伝風な小説」ということになる。その小説の中にも志賀とおぼしき人物が出てくるのですが、昌造はこの小説を佐々に読ませることで、友への劣等感を告白し、自身の怠惰の言い訳にしようとする。しかしそうした意図はたちまち佐々に見破られ、姑息な手段であるとして、激しい怒りを呼ぶことになるのです。

実は「蟬脱とづるぐべつたり」という作中作は、その素材となった小説が現実に実在します。里見弴が雑誌「白樺」に発表していた習作、『君と私と』（「白樺」大正二年四―七月）がそれです。もちろん作中人物の名前は違っていて、志賀をモデルにした人物は佐々ではなく、坂本という名前になっている。『君と私と』もやはり坂本の圧倒的な人格的影響力に対するコンプレックスを題材にしたものなのですが、現実の志賀もまた、この小説に対して怒りを表明していました。志賀は自ら作中の「坂本」を名乗って『モデルの不服』という短文を同じ「白樺」（大正二年七月）に発表し、里見弴に抗議しているのです。

実際に志賀が事故に遭ったのは、実はその直後のことなのでした。この間の経緯もまた、『善心悪心』には詳しく描き込まれています。つまり『善心悪心』は、志賀への敬愛と確執を題材にした小説が現実に及ぼした影響を、事故などのその後の展開を交えてさらに「小説」にした作品、ということになります。

『善心悪心』には雑誌「白樺」創刊前後の事情も書き込まれています。同人誌を出す中で互いの個性が切磋琢磨されていくそのプロセスが、つまりエコール（流派）としての「白樺派」の形作られていく経緯が、いわば自分たちの〝起源〟として発信されているわけです。この時代、同人雑誌はいわば文学修行の道場のような役割を果たしており、彼らは同人誌を舞台に互いをモデルにした小説を書き合い、時に中傷し、それをまた繰り返し引用し合うことによって、自分たちのセルフイメージを作り上げていった。もちろん、「白樺」の成り立ちを描いた小説を同じ「白樺」に発表したとしても、所詮は身内の自己満足におわってしまうことでしょう。しかしそうしたプロセスがさらに別の小説に仕立て直され、表舞台である「中央公論」に発表されるとなると、自ずとまた違う意味を持つことになる。たとえ身内の小さないざこざであっても、それをことさらに大きな舞台で演じてみせたとき、効果はまったく異なるものになるわけです。

■大きな舞台の小さな演技

この点に関して、実は今日に至るまで大きな誤解や偏見があって、たとえば伊藤整が使った「文壇ギルド」（『小説の方法』河出書房、昭和二十三年（一九四八））という言葉もその一因になっています。伊藤整に言わせると、近代の文学者は「文壇」という狭い特殊な閉鎖社会を形成し、一般社会と距離を置いていた。そのために既成道徳への反旗を翻す主義主張が可能になったが、同時にこうしたギルドの中でしか通用しない狭い人間関係を素材にしたために、「私小説」という特殊な形態が発達を遂げることになってしまったのだという。しかし私はこの〝常識〟は、むしろ話が逆なのではないかと思っています。近代の活字文化においては、読者の「顔」が不特定多数になって、見えなくなってしまう。あらゆる表現は誰に理解してもらうのか、という、その共同体を前提にしなければ成り立たない。そこで彼らは、あえて小さな演技——互いの同人誌の狭い人間関係——を大きな舞台で演じてみせることによって、「白樺派」をはじめとする自分たちの〝成り立ち〟が伝承に値するものであるかのごとく振る舞ってみせたのではないでしょうか。

大正時代、「中央公論」は最盛期で五万部程度の発行部数であったと言われています。当時の人口に比べてこの数字が多いか少ないか、議論の分かれるところですが、少なくとも博文館の「太陽」の凋落後、日本を代表する総合雑誌として君臨していたことだけは間違いない。総合雑誌なので内容は政治、経済、社会のあらゆる範囲に及び、文学愛好者に限らず、それを購読することが知識層の証であるかのような社会的ステイタスを獲立していました。同じ時期、漱石や鷗外が代表作を主に新聞に連載していたこともよく知られていますし、「小説」は、決してのちに言われるような、閉鎖社会でのみ流通していたわけではないのです。彼らは自分たちが小説を書きやすいように、自分たちのために、「自然主義」「白樺派」「耽美派」「新思潮派」といった、流派としての〝起源〟を作り上げていった。大きな舞台で行う演技は、小さいほど効果的なものになるので、一見狭い人間関係だけを報告し合っているように見えるだけなのです。

菊池寛『無名作家の日記』の戦略性

第8講に取りあげた芥川の『あの頃の自分の事』をここで再度思い起こしてみましょう。実はこの小説は、菊池寛の文壇デビュー作、『無名作家の日記』(「中央公論」大正七年(一九一八)七月)に対する反論、という意味を合わせ持っていました。『無名作家の日記』は、第四次「新思潮」創刊前後の事情を題材にしたもので、よく知られるように、この雑誌は晩年の漱石を慕って集まった東京帝大の学生たちが、自分たちの小説を読んでもらうことを目的にしていたとも言われています。

『無名作家の日記』は、「新思潮」創刊前後に菊池寛とおぼしき主人公が、芥川とおぼしき山野、という仲間から手ひどい嫌がらせを受ける、という内容です。同人誌の創刊号に「顔」という小説(芥川の「鼻」がモデル)を掲載して世間から絶賛される山野に対して、自分がいかに不遇であるかを嘆いているわけです。もちろんこれはフィクションで、芥川はすっかり〝悪役〟にされてしまっている。これに対して芥川の生涯の盟友でもあった菊池寛は、次のような弁解ともとれる発言をしています。

> 私としては芥川に対して、嫉妬といふやうな事は少しも感じたことがなく、それに山野といふ天才作家は、決して芥川をモデルにしたものではなかつた。性格の点でまるで違つてゐる。私としては省みて少しも疚しいことはない。初めから少しも芥川に済まないといふ気はしない。芥川もあの作を読んで見て、「ちつとも何でもない、若し俺だとしても、あれ丈偉く書いて呉れゝば本望だ。」と云つて呉れた。
>
> (『自信がなくて意外にも高評であった「忠直卿行状記」』(「新潮」大正八年一月))

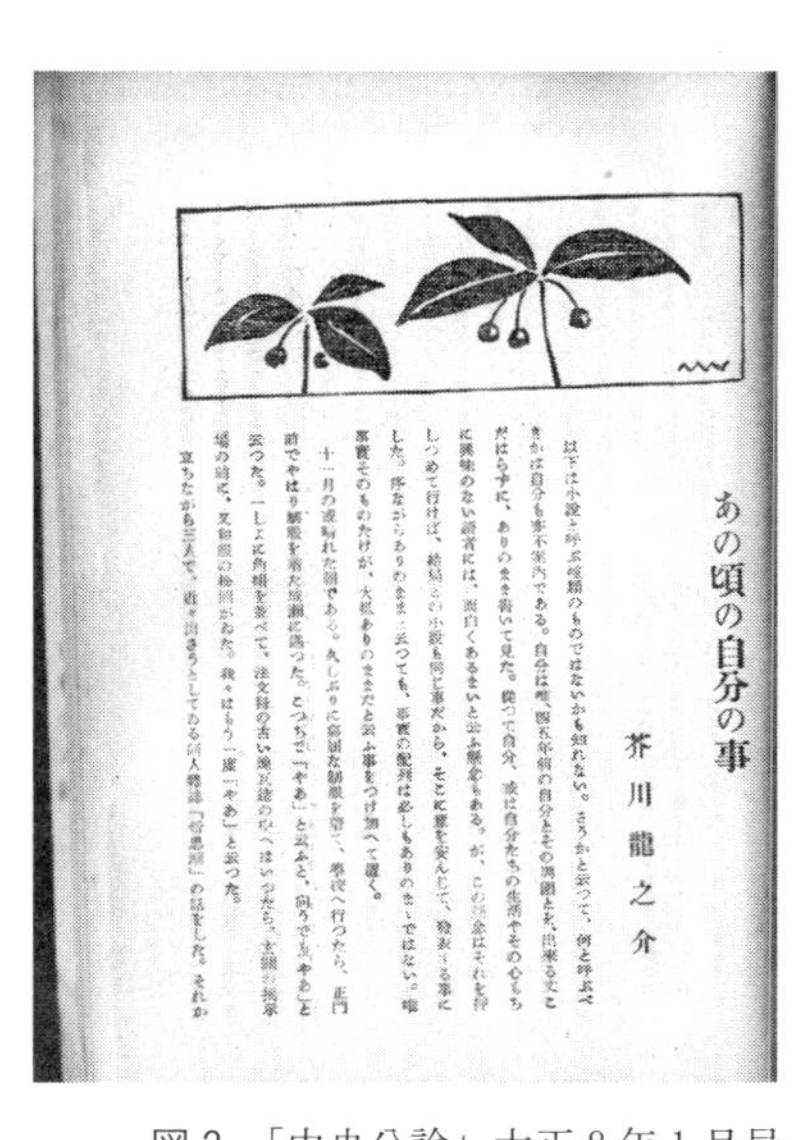

あの頃の自分の事

芥川龍之介

以下は小説と呼ぶ種類のものではないかも知れない。

図２　「中央公論」大正８年１月号　芥川龍之介「あの頃の自分の事」

もちろん、この証言自体も真意を一応疑ってみる必要があるわけですが、興味深いのは芥川が「あれ丈偉く書いて呉れゝば本望だ」と言っているという事実です。この事実は、彼らの間に、互いの名前を文壇に確立しようとするために、互いを素材にして小説を書き合うことに関する暗黙の合意があったことを示唆している。仮にただ友人を褒めただけの小説があったとしても、それでは体をなさないでしょう。意図的に〝毒〟を盛ることで話題を作る、という戦略です。

芥川の『あの頃の自分の事』がそれから半年後、同じ「中央公論」——表舞台——に発表されたのは決して偶然の一致ではない。『無名作家の日記』では伏せ字や仮名になっていた固有名詞が、『あの頃の自分の事』では実名に直されている。「新思潮」創刊当時を回想する中で、やんわりと事実関係を正してみせているわけです。読者は両方を合わせ読むことによって——伏せ字や仮名に実名に置き換えていくことによって——自ずと、「新思潮」創刊号に「鼻」を発表し、漱石に激賞されて華々しくデビューを飾った、若き天才小説家の〝神話〟を受け入れていったに違いありません。

そもそも『あの頃の自分の事』という題名自体、いわば老大家の回想録、といった趣で、文壇デビューを果たしてまだわずか数年の、二十代の若者にふさわしいものとは到底思えない。ある意味、不遜のそしりを免れないでしょう。けれども芥川は意図的にこうした衒いのポーズをとることによって、数年前、ほんの数人で刊行したばかりの同人誌を、一躍自分たちの伝承の根拠に格上げすることに成功したわけです。

■──「小説家」は〝演技〟する

「白樺派」「新思潮派」について述べてきたので、自然主義陣営についても触れておきましょう。この点に関しては、大正期の同人誌「奇蹟」(大正元年九月―大正二年五月)の人同関係が面白い素材を提供してくれています。なかでも物議を醸したのが相馬泰三の『荊棘(いばら)の路』という長編小説(大正七年、新潮社)で、この中で、他の同人たちがいかに人格的に問題のある人物であるか、ということが徹底的に〝暴露〟されていたのです。たとえば広津和郎は友人の恋人を奪う色魔であり、谷崎精二は世渡り上手で軽薄な小説家、舟木重雄は創作が書けない無能力者、と言ったぐあいです。だが、仲間たちも決して負けてはいない。同人たちは次々に相馬をモデルにした小説を書き、反撃を開始しました。たとえば谷崎精二に『曽根の死』(「中央公論」大正一一年一二月)という小説がありますが、相馬とおぼしき曽根という人物は、度しがたいほどに「片意地」で、ひがみっぽい人物であり、結局、肺炎になって死んでしまう(実際はもちろん死んでいません)、という内容です。遺恨試合、とでも言うのでしょうか。とんでもない中傷合戦が繰り広げられていた。

この点に関して、当の相馬泰三が『モデル問題について小西湖畔へ』(『葉蔭の花』聚楽閣、大正一三年)という文章で面白いことを言っています。

私たち作家は、表面はどんなに見えてゐやうとも、また、てんでんにどんなふうに異つてゐても、心の底では、一点どこか思ひ詰めたところを持つてゐるものです。半ば身を捨ててかかつてゐるところがあるものです。さうしたお互ひであればこそ、ああやつて、お互ひに生身を切り、切られ合つて行くに堪へられるのではないか、などとさへ考へられたりもするのです。

よく「奇蹟」の道場主義、と言われますが、右の引用はなかなか含蓄のある言葉だと思います。互いをののしり合うことによって――それを小説の中で演技してみせることによって――不特定多数に対して共同性を仕掛けていこうとする、独自の論法をここから読み取ることができるように思うのです。

「耽美派」については触れる余裕がなくなってしまいましたが、このグループについては、谷崎潤一郎と佐藤春夫が、妻の〝譲渡〟をめぐるいざこざを繰り返し、それを題材に互いに小説を書き合っていた事情を思い起こしてみるとよいでしょう。これもやはり、近代の伝承をゼロから立ち上げていくための共同の演技としての性格を持つものであったに違いありません。

■――〝志賀神話〟の生成

このように彼らは狭い同人雑誌の人間関係を進んで題材にしあい、それをさらに大舞台に発表し、さまざまなパフォーマンスを作中に構造化し、それによって、自分たちが小説を書きやすくするためのバーチャルな共同体を作り上げていった。逆に言えば、こうした舞台空間を作中に作り上げることができたからこそ、彼らは日常の些細な出来事を「小説」の題材にすることができたのです。

話を志賀直哉の『城の崎にて』に戻すと、現実の志賀は、大正二年に事故に遭ってから大正六年にこの作品を発表して〝復活〟するまで、目立った創作活動を行っていませんでした。ひたすら療養に努めていたわけです。ところが興味深いことに、この空白を挟むことによって――小説を書かないことによって――文壇復帰後、「小説の神様」として、一躍神格化されていくことになる。『城の崎にて』は、時期的にはまさにその分水嶺にある短編だった。この小説のしかけによって、艱難辛苦を乗り越え、絶えざる内省と修練とによって深みのある死生観を獲得していった「志賀直哉」像が、以後読者の共通理解になっていくわけです。このあたりの事情は今日なかなか見えにくくなっているのですが、『君と私と』『善心悪心』など、背景に網の目のように存在しているさまざまなコンテクストに注目し、その水面下の相乗作用を分析していくことによって、われわれはそのネットワークの一端をうかがい知ることができる。

近代は「個人」の時代です。特定の英雄豪傑ではなく、名もない凡庸な個人の生きざまを果たしてどのような形で題材にすることが可能なのか――そのように考えた時、これまで述べてきた手立てはまさに一個の必然でもあった。彼らは独自の〝演技〟を通して活字文化における共同体のあり方を模索し、それを手がかりに「個」の特殊性を追求していったのです。

もちろん、今日われわれはこうした事情を一切知らずとも、『城の崎にて』を一個の独立した名作として享受することができる。だからこそ『城の崎にて』は高等学校の教科書に教材として採用されているわけですし、授業で、その理解のための手立てとして、『范の犯罪』『善心悪心』が参照されることはまずないでしょう。仮にそのようなことをして、〝志賀神話〟を再生産するようなことをしても、そこに意義があるとは思えない。しかし、一編の自律的価値を持った〝名作〟が誕生するまでに、そしてそれが後世に伝わるまでに、その水面下でいかに多くの引用のドラマ——「小説家」の演技——が実践されていたのか、という点に、われわれはもう少し意識的になってみる必要があると思うのです。

まず第一段階として、素朴に「作者」の情報を読者に伝達する小説がある。次にそれを引用した二次的な小説が派生する。さらにそれが……という形で、相互に引用を重ね、「無」から「有」が生じるように、活字文化におけるあらたな、バーチャルな共同体が生み出されていく。複雑に折り重なったツリー状の構造の中から、最後に、自律的な価値を備えた〝名作〟が生み落とされ、後世に残ることになるわけです。

否、こうした言い方は正確ではないかもしれない。「名作」として認知された瞬間に、今度はそれが伝承の根拠になり、『城の崎にて』が他の小説のコンテクストに反転していく逆方向の動きもある。こうした絶えざる往復運動を繰り返しながら、文学史が一個の動態として展開して行くことになるわけです。

小説を読み、あるいは分析するときに、小説それ自体の一編としての自律性を重視することは、もちろんすべての基本です。それをしないで最初からコンテクストを解釈に導入してしまうならば、見えるべきものも見えなくなってしまうことでしょう。しかしそれをよく踏まえた上でなおかつ、小説それ自体の自律的価値がどのようなしかけによって作り出されたものなのか、その経緯を個々に検証していく作業が重要な意味を持つと思うのです。

総合討議

日本文学と〈共同性〉

渡部泰明／安藤　宏
長島弘明／藤原克己
高木和子／鉄野昌弘

講義を振り返って

渡部泰明（以下、渡部）：では、時代順だけれども逆流させて、近代から順に、〈共同性〉をどのように捉えているかを説明してもらえますか。

安藤宏（以下、安藤）：自分が話したことをあらためて振り返ってみれば良いわけですね。

近代というのは、基本的には個別性、特殊性の時代だと思っています。ただ、「個」の特殊性をいきなり文学の主題にしようとしても、何も見えてきません。そのために共同性みたいなものを予め想定して、それを前提に「個」を語っていく。多分皆さんも多かれ少なかれ、そういう、仮定の上での共同体を問題にされていたのだろうと思います。ある特殊

安藤　宏

な問題、個別的な問題を表現にするときに、仮想の共同体が枠組みとして必要になる。たとえば民間伝承で言えば、一人で「河童」を見た、と言っても何の意味も持たないわけですが、二人以上の人が見たと言えば確かにいたことになる。つまり「河童」として表現することが可能になるわけです。同じように、身辺雑事や日常の小さな出来事を書いたからといって、なぜそれが何万人もお金を出して買う「小説」になり得るのか、その根拠として、共通の、暗黙の了解のようなものが、やはり近代の世でも必要とされていたのではないか、と考えてみたわけです。

もちろん、小説は個別的な表現の自立性を前提にして読み解いていくのが基本ですが、そういう分析の仕方には一方で限界もある。ある個別的なものが、どういう経緯でこの世に生まれてきたのかを知るためには、水面下の錯綜した共同性のようなものにまで踏み込んでいかないと、表現の誕生の秘密というのは読み解けないのではないか、という問題意識がありました。

近代で共同性が問題になった例として、「国民文学論争」があります。昭和一〇年代の終わりと二〇年代の二回、大きな論争が起こっている。最初の国民文学論争は戦時中、天皇を中心とする家族国家論の枠組みの中で論じられました。ところが戦後、今度は左翼勢力の側から、サンフランシスコ講和条約のときの独立闘争の一環として民族の問題が持ち出される。かつての「国民文学論」への反省から、終戦直後に近代的自我が声高らかに主張されるわけですが、そのわずか数年後には、また異なる角度から「国民文学論」が提起されるわけです。こういう風に、近代の歴史は常に、全体性に向かう動きと、「個」に向かう動きとが反転し続けてきた。

たとえば明治三〇年代に高山樗牛（ちょぎゅう）たちが極端な個人主義を主張しています。華厳の滝に飛び込んだ藤村操など、「煩悶青年」が流行語になるのだけれども、そのあとすぐ、天皇制絶対主義が出てきて、大逆事件が起こります。そうすると今度は白樺派が個我を主張する、といった具合に、振れ幅が極端なのです。おそらく問題は両方の極が常に実体視されてしまうところにあって、「個」も「民族」も、どちらも作業仮説のようなものとして捉える発想が欠落していたのではないか。だから極端な振幅になってしまうのではないか、という見通しを持っていま す。少し長くしゃべりすぎましたね。

渡部：いいえ、それぞれおっしゃりたいことを言ってください。長島さん、どうぞ。

長島弘明

長島弘明（以下、長島）：文学における共同性を江戸時代に即して考えるとき、江戸時代の時代的特色は、社会の階層分化が非常に進んでいるということです。文学を支える母体としての社会が、士農工商の階層、あるいはそれぞれの職業ごとに分化しています。それに伴って、文学に表れている人間観も倫理感覚も、階層ごとに分化しています。同じ江戸時代の社会に生活している人間同士ですから、感情にも善悪の判断にも、もちろん一定の共通性はあります。しかし例えば、一口に「義理」といっても、武士を描いた小説である武家物の義理と、町人を主人公にした町人物の義理は、まったく違うのです。あるいは男女の情愛でも、裕福な町人の情愛と、貧窮に迫られた情愛のあり方は、また違うのです。それをまず念頭におきました。

それから、文学における共同性と作品が生成する「場」との関係に留意してみました。特に韻文の場合——具体的には俳諧ですが、場を離れたときに共同性は消失してしまう。共同性が場——俳諧の場合には「座」——によってのみ保証されているような、顕著な事例を検討してみました。

共同性を近世の韻文と散文にからめ、もう少し具体的に言うとこのようになります。韻文の場合、その韻文が生まれる場、および享受される場の共同性が非常に見定めやすくなっています。和歌にしろ俳諧にしろ、歌会や俳諧の座という、特定の共同の場で作品が生まれる。しかもそれは、創作と享受が一体となっている場です。共同性から作品が生み出される場を実体として見ることができる、わかりやすい例です。例えば俳席に同座し、同じ場の空気を吸っている人々（俳諧では連衆という）は、そこにいない人とは区別され、限られた時間の中、言わばその場における共同幻想を共有することを許された特権的な人々です。

　ところが、俳諧（連句）からジャンル的に分化していった前句付や川柳には、このような実体的な場はなく、面識のない宗匠が出した一つの前句に対して、全然階層も違えば顔も合わせたことのない人間たちがそれぞれ句を付け、それに宗匠が優劣を定めます。なぜそのようなことが可能になるかというと、取次所や手紙などで投句ができるという一種のメディアの発達のおかげです。元々は、作品が生まれる上で不可欠な、〈共同性〉と同義であった、時空を同じくする「場」が、崩壊に瀕しているということです。

　そんな崩壊しかかった場ではない、濃密な場のあり方を、芭蕉の連句を例に見てみました。この濃密な場から生み出された作品は濃密な共同性を持っていますが、場から引き離されたとたんに共同性は色あせてしまうことも見てみました。

　では散文の場合はどうかというと、散文が生まれる場や享受される場の共同性ではなく、散文の中で描かれているところの多種多様な共同性について注目してみました。先ほど申し上げた階層分化です。武士の共同性と町人の共同性は明らかに違うわけです。それぞれの階層ごとにいわば特異化しているような共同性が、文学作品の中ですくい上げられています。共同性には、美意識の共同性、感情の共同性、倫理規範の共同性など様々局面の共同性がありますが、どの局面の共同性に着目しても、やはり階層ごとの共同性がある――正確には、階層ごとの共同性しかない、と言うことができそうです。強い言葉で言えば、武士の美意識は、武士という一つの階級の中でのみ共同的かつ共通な美意識であり、町人の美意識は、町人という一つの階級の中でのみ共同的・共通の美意識であると。武士と町人の共同的美意識などと一括りにするのは、近世ではあまり意味がないことかもしれないということです。

　以上のような観点から、韻文については第11講で、芭蕉の連句の座で生まれた句が、その場から離れていって別の作品中に置かれた時に、どのように共同性を失っていくことになるのか、それを見てみました。散文を扱った第7講では、西鶴の小説を取り上げて、「義理」という同じ言葉で表現されていても、階層によって全く違う義理のあり方を考えてみました。義理は、人間と人間を結ぶもっとも基本的な倫理で、普通に考えると、人と人との間における義理は万人共通のもののようにみえますが、実はそうではない。階級の中に限定された義理という共同性のありようを、具体的に見てみました。

渡部：ありがとうございました。順番なので今度は中世で、私からお話しします。私は共同性という言葉に関しては思い入れが深いところがあります。特に韻文を専攻している関係上、今もお話がありましたが、韻文にとって、特に和歌という様式的な文芸にとって、共同性というのは実にしばしばいわれます。へそ曲がりな私としては、逆に共同性という言葉には問題があるのではないかということを、しばらく前から考えていました。

　そこで、講義では少し刺激的に、共同性はないのだというところから出発して、共同性はあるものではなくて、生まれるものであるという言い方をすることで、挑発的に考えようとしました。

　つまり、何かもやもやとしたものは確かにあるだろう、ただ実体といえるかどうかです。むしろ実体といわずにそれが生まれてくるところに、何か感動や文学的な深み、面白みや魅力が生まれてくるのではないか、そのように考えたほうがむしろ文学を捉

渡部泰明

える意味という点で、有効ではないかと考えました。今回に関しては、全てのことでそれは言えるけれども、無常観で考えたらどうなるか。無常観そのものが共同性なのではなく、無常観は実はその共同性が発現する、生まれてくるのを助ける触媒になるのではないか、媒介になるのではないかと述べました。突き詰めれば無常とは死のことですから、死というのはこれ以上ないほど個人的だけれども、しかしこれは絶対誰しもそこから逃れられないという点で、こんなに共同的なものはないわけです。共同性と個我とが最も出会う場なのだろうと思います。

そこで、そのような無常観という触媒からどのような言葉が生まれていたのか、中世の例で見ようということです。韻文だけではなくて、できるだけ散文も含めて考えています。特に韻文と散文との関わる場が、問題になってくるのかなという手応えも、自分で書いてみて改めて思いました。

私は以上です。次は平安時代にいきますが、藤原さん、高木さんのどちらから？

藤原克己（以下、藤原）**：**僕からお話させていただいていいですか？

安藤さんも渡部さんも、文学における〈共同性〉というのは、実体としてあるものではなく、作られてゆくものなのだということを強調されていますよね。私もまた、最初から実体としてあるものではなく、作家の〈孤心〉から、その作家の所属する特定の時代・社会を超えて広がる〈共同性〉の地平が開かれるという機制を、『源氏物語』と『紫式部日記』を通して考えてみたわけです。ここで、「総合日本文学」の講義では話したのですが、今回この講義録をまとめる際には割愛したことを補足させていただきたいと思います。

私も参加していたのですが、二〇〇八年三月にパリで開催されたシンポジウムで、土方洋一さんが

『源氏物語』と「和歌共同体」の言語」という発表をされました。『二〇〇八年パリ・シンポジウム 源氏物語の透明さと不透明さ——場面・和歌・語り・時間の分析を通して』（青簡舎、二〇〇九年）に収められています。『源氏物語』の引歌の技法や地の文章の和歌的表現は、当時の貴族たちが共有していた和歌の知識、教養を前提にしています。土方さんが「和歌共同体」と言われるのは、そのような和歌の知識、教養を共有している集団のことなのですが、ただし土方さんも、それは「実体としての貴族集団のことではなく、同等の和歌の知識、教養の共有が前提とされている、理想の上での集団、観念上の共同体をさす」とことわっておられます。

　これはひじょうに興味深い発表だったのですが、具体例として物語の原文を引かなければ、土方さんの趣旨を正確にお伝えすることはできません。抽象的なまとめ方になって申し訳ありませんが、『源氏物語』の引歌や地の文章の和歌的表現は、いわば語り手と作中人物と読者が和歌共同体として一体化しているような表現機制なのだ、という論旨です。

　さてそのシンポジウムの総合討論では、アンヌ・バヤール＝坂井さんの「アネクドート、あるいはミクロフィクション、そして読者との関係」という発表が、議論の焦点の一つとなりました。バヤール＝坂井さんはその発表で、『源氏物語』を読むとはどういうことなのかという根本的な問いかけをされたのです。たとえば「作者の意図に近づくことが、今日の読者にとって妥当な、あるいは唯一妥当と言える基準なのだろうか」と。また、ヴォルフガング・イーザーの読書理論（Wolfgang Iser, *Der Akt des Lesens*, 1976／轡田収訳『行為としての読書 美的作用の理論』岩波書店、一九八二年）にいわゆる「内包された読者」——テクストの理解に必要な知識や記憶のレパートリーを備えた読者——に、今日の読者は近づきうるのだろうか、アカデミックな研究は「内包された読者」のレパートリーを再構成しうるかもしれないが、ではアカデミックではない読書はどうなるのか、と。そして総合討論でバヤール＝坂井さんは、この「内包された読者」に土方さんの「和歌共同体」をも結びつけられたのですが、『源氏物語』における おびただしい漢詩文の引用を考えれば、この物語の「内包された読者」は、「和歌共同体」のそれをも包み込んで、さらに広やかなレパートリーを有する読者ということになりましょう。しかしながら、「内包された読者」のレパートリーは、そうした引用の源泉だけに限られるものでもないでしょう。

藤原克己

講義では私は、《源氏研究の究極の目標は、「近代的な」読みを排して、物語が書かれた当時の読者の読みを再現することだという見解があるが、はたしてそうだろうか》と挑発的に述べてもみました。と言いますのも、この物語は、『うつほ』『落窪』などと比べて創作技法も格段に練達しているし、人間観察や心理描写も深化しています。むしろ、シェークスピアやトルストイなどの西洋の劇や小説に感動した経験を積み重ねた読者のほうが、こんにちの大学の日本文学科で通常なされているようなアカデミックな研究よりも、この物語の深さと美しさ、面白さをいっそうよく鑑賞しうるということもあるのではないか。もちろん、それはアカデミックな研究による注釈に助けられての鑑賞であることは言うまでもありませんが、要するに、「内包された読者」とは、そしてすなわち文学の〈共同性〉とは、無限に広がりうるものなのだと私は思うのです。

渡部：では高木さん、お願いします。

高木和子（以下、高木）：藤原先生にくらべますと、私は、制作当時の〈共同性〉にもう少しこだわっているかもしれません。

第3講では、制作の場の共同性についてお話ししました。これは、〈共同性〉というより〈集団性〉というべきなのかもしれません。和歌の代作などにみられるように、当時の和歌は往々にして、個の産物ではなくて集団の産物でした。けれども、受け取る側は制作者が誰であるか、見極めたいと考えます。集団の産物——家だったり宮廷サロンだったりの産物でありながらやはり、本当の作り手がその中の誰か、個を見極めようとする意識が働く、といった問題について論じてみました。

第6講では、歌の言葉の共同性について考えてみました。〈歌ことば〉、たとえば「おもひ」と言えば、誰もが「思ひ」「火」の掛詞（かけことば）を連想するといった問題です。単語のレベルでなくても、歌の下の句全体が複数の歌に共通していたり、物語のストーリー展開にも型（パターン）があったりする。要するに、平安共同体で共有される表現形式が基盤にあって、平安朝の文学が成り立っているということを、教科書に載っているような古典の名場面を具体例としてお話ししました。先ほどの「和歌共同体」の問題です。

高木和子

これらから類推するなら、平安朝の物語は、現代的な意味での個の産物ではないはずです。にもかかわらず、共同体なり集団なりの産物であるという要素を、これまでの研究、特に源氏物語研究では消去し過ぎてきたのではないか。その代わりにこれまでは、物語の型の踏襲、和歌や漢詩や物語の引用といった、既存の文芸の引用の織物として理解してきたわけです。

平安朝の物語のおおかたは作者名が定かでなく、『伊勢物語』のようにかなり長期にわたって増補が重ねられたと思われる例もあれば、『狭衣物語』のように本文に大きな異同を抱えるものもある。『源氏物語』に紫式部という一人の作者の名が残っていることは、非常に異例で、単純に個の産物だと言うのは早計なのではないか。これは片岡利博さんあたりが警鐘を鳴らして、ここ数年、学会の中でも反省的な機運が出てきています。もっと以前には、阿部秋生先生も似たことを仰っていたはずです。そこで今回は、物語の作者が個か集団かという問題について、和歌の代作の場合と関わらせて、多少は藤原さんに対する挑発も込めて話してみました。

鉄野昌弘

渡部：では、鉄野さん、お願いします。

鉄野昌弘（以下、鉄野）：私は今回、この面白い雄略天皇の物語を学生とともに読みたいというのがまずあって、共同性というテーマはちょっと脇に置いてあるのです。と言うか、このテーマは私にはほろ苦いところがありまして。講義の最初に述べたことの裏には、自分が鈴木日出男先生の不肖の弟子であるという反省があるのです。私の一回り上の世代の人たちは、古代文学に共同性・共同体というようなことを強調して、折口信夫に戻って全部信仰から説明しようとするような感じもありました。それまでの、それこそ個人主義的な、制作者の心情を明らかにすればよい、としたような研究に対する反動だったと思います。その中で、鈴木先生は、古代和歌の「心物対応構造」という形で、集団と個とを見事に繋いでいらっしゃった。

そうした人に教えを受けながら、私は、共同性偏重の風潮に反発して、「大伴家持の作歌方法」といった形で研究をスタートさせました。研究史を逆流させるように、家持の個人的な創作事実を考えたわけです。だけど、『万葉集』巻十九巻末歌に見られるような「家持の孤絶」も、書き残している以上は読者を想定しているはずなのだ、ということに、だんだん向き合わざるを得なくなってきました。

それは、そういう作品もやはり、歌であるということでもあります。巻十九巻末歌などは、ものすごく風変わりですけれど、それは「普通の歌」と異なるということで、それこそが「普通の歌」を共有する共同体に対する孤絶を表すのだ、ということに思い至りました。やはり共同性抜きでは成り立たない話なのです。また考えを進めてゆくうちに、『万葉集』の末四巻は、高度に政治的なメッセージを含んでいることに気づきました。家持は自分の立場を託しながら歌っているのだけれども、それが可能になるのは、歌だからなのでしょう。歌は、日常の言葉とは別個にある特別な言葉であり、演技的な言葉でもある。そういう約束事があるから、家持は自分の政治的立場を演技的に表出できるのでしょう。

そうしたわけで、和歌の共同性ということも捨て置くことができないのだろうと、近年は思っています。『万葉集』末期の家持の個人的な表現の裏にある共同性。その淵源（えんげん）はいかに、ということで、一番古いところ、歌謡の表現について考えようという問題意識で、今回は雄略記の歌謡物語を考えてみました。

しかし注意しておきたいのは、第9講で述べたことですが、記紀歌謡の持っているような、その場で歌われてその現場で聞かれて意味を持つような歌の世界は、物語を書くという営為の中で作られているということです。そうした歌の場は、実際あったのかもしれませんが、文学としては虚構されて初めて成立する。共同性が個を成り立たせるのとは逆に、共同性が、個人的に作り上げられている面もあるだろうと留保を付けておきたいのです。

藤原：第1講では、記紀歌謡自体のなかにある発想の共同性を探られたわけですが、第9講では、歌の発想の共同性というよりも、雄略の物語を作っていく中で、むしろ書かれることで想定されていく共同体幻想のようなものを問題にされた、ということですね。

鉄野：その通りです。

渡部：書くことの中で出てくる共同性ですね。ありがとうございました。それぞれの思いが非常に伝わってきました。先ほども出ていましたが、ポイントとして、それぞれ実体としての集団の問題、それは時代ごとにそれぞれの実体があるわけで、その実体としての集団と個の問題が一つあります。

それからもう一つは、共同性は人為的に作られます。演技されている、あるいは虚構的に立ち上げられていくなど、いろいろ言い方がありましたが、その共同性自体は作り上げられていくのだという見方があったと思います。

それが第二点だとすれば、第三点として、韻文と散文というように簡単に分けることには問題があることを承知で言えば、やはり日本文学の場合は韻文と散文の関係に非常に微妙なものがありますから、そのようなところに、どうも共同性の問題は端的な形で露出してくるのかなと思いました。

集団と個

渡部：そのようなテーマが浮上してきたわけですが、とくに気になるのは、集団と個という問題で、先ほど少し論争になりかけましたが、僕もぜひそれをお聞きしたいと思います。それぞれの集団と個という問題に大まかに絞らせてもらいますが、他の方の講義に対して、質問、意見、感想などがあれば、それを口火にしていきますが、いかがでしょうか。

安藤：非常に具体的なレベルの、指さして指摘できるような場、そういうところから出発して、次第に具体性を離れた普遍性を持った表現が生まれてくる創造の秘密、そういう点について、複数の方がおっしゃっていた気がします。

例えば長島さんの連句もそうです。その場限りのあいさつというか、今日のわれわれでも、分析すればある程度再現できる、具体的なあいさつの場ですよね。そういうところから出発して、それが発句になり、『奥の細道』になったときには、普遍性を持った表現に変貌している、長島さんのお話を、そういう意味に理解しました。

それから藤原さんも、『源氏物語』は平安朝貴族社会の豊かな文化的共同性に育まれながらも、その共同性に埋没しえなかった紫式部の孤心、つまり「いまめかしき心」に同化できず、孤立していた者が結果的に普遍的な表現を創りだしていく、という点にこだわってらっしゃった。

渡部さんの場合も、おっしゃっていた二番目の問題ですが、やはり、安易に共同性を実体視することを避けておられたように思います。「媒介」という言い方、それから「もやもや」という言い方が印象的でしたが、そこから「個」の表現が立ち上がっていく。実体視してしまうと、何か非常につまらない、伝統賛美のような、いびつなものになっていきかねない。「こんな素晴らしい共同性をわれわれ日本人は持っていたのだ」という話になりかねません。あくまでも結果的に何が出てくるか、普遍的な「何か」に到達する手立てとして、偶然の、一回的な機縁としてあったということ。みなさん、そういう意味では安易に、ストレートな肯定形では「共同性」を受け止めていない印象を受けました。これは個人的な感想です。

鉄野：「口承文学」の問題がそれに関わるように思います。文学の「文」は文字の「文」です。リテラチャーという言葉も文字（レター）と不可分ですよね。したがって文学とは基本的に文字に書かれたものだ。それでは、文字に書かれず、口で伝えられるだけのものは文学と認められるのか。品田悦一さんがおっしゃるように、明治に入って文学史が書かれ始めた時、最初は文字で書かれたものから始めています。しかしやがて民謡の研究のようなところから「口承文学」の概念が導入されてきます。そしてそうした「文字以前」の世界が、フラットな共同体として、「日本文学の母体」のごとく想像されてくる。しかしそれはどれほど確かなものなのか。

『万葉集』の最初の方は、「歌われる歌」の世界です。宮廷儀礼の中で、集団に共有される歌であり、それは口承で記憶されたらしい。しかし宮廷は無論、無文字社会ではありませんし、フラットな共同体でもありません。私は、やはり文学と呼べるようなものは、そういう「文字のある世界」、「文明化された社会」から発すると考えたい。文字を使って書くことは、基本的に個人的な事柄です。読む人がいなければ意味がないという点では、やはり共同体に開かれてはいますけれども。ただのフラットな共同体ではなく、共同体の中の個といった構造が、文学にとっては重要なのではないでしょうか。

高木：今、上代文学研究で、口承文芸の要素を積極的に取り入れて立論する人はかなり減ってしまったのですか。

鉄野：少なくとも、それ一辺倒の人はあまりいないと思います。

高木：私たちが若い頃は、その比重がもっと高かったのではないですか。

安藤：先ほど言った国民文学論争もそうなんですよ。日本の文学の共同性、ということを山本健吉が力説して（『古典と現代文学』講談社、一九五五年）、その典型として挙げたのが、俳諧、連歌などの「座の文芸」なんです。でもそう言ってしまった瞬間、そういう確固とした伝統があったという話になってしまう。いつでもそういう実体志向の落とし穴みたいなものがある。

でも、だからといって、鉄野さんが言われたように、「個」だけでは解決できないわけです。優れた「個」を表現するためこそバーチャルな共同性が必要だ、という逆説。先ほど鉄野さんがご自身の足跡に照らして言われた、最初に反発したけれども、やはり読者の問題も重要だと思うようになった、という動きそのものが問題の所在を明らかにしているのではないかと。

長島：集団と個ということに関して言えば、韻文における共同性のエッセンスの一つとして、和歌における歌枕や俳諧における季語があると思います。なぜ吉野が歌枕になるかというと、その場所を詠んだ優れた一つの歌（すなわち「個」の歌）が、その歌に詠みこまれている花や雪やという景物とセットになって、繰り返し模倣されて詠まれる。そのうちに、夾雑物（きょうざつぶつ）は取り除かれ、洗練された共同幻想（すなわち「集団」の美意識）としての歌枕になるのです。俳諧の季語の成り立ちも、これとほぼ同じです。成立した歌枕や季語は、今度は逆にそれらが詠み込まれる歌や句にある種の規制として働き、今度は新しく詠まれる個々の歌や句に一定の情調を与えることになる。これも、韻文における集団と個の、一つの関係のあり方ではないでしょうか。

文学における「運動」

安藤：運動という概念は、高木さんが第6講の最後のほうでおっしゃっていて、なるほど、と思いました。私自身の問題意識と重なっていて、その思い込みかもしれないのですが。印象的な新たな物語が広まる時、歌自体も一層著名な歌として定着していくという関係、すなわちどちらが先とわからぬままに相互に働き合って、和歌と物語との双方が著名になり、〝協働〟して、さらに新たな歌や物語を生んでいくという生成の運動です。この場合、運動という概念が重要なのであって、単発、個別的なものではない。それが共同性という概念を捉える一つの勘所というかポイントなのだろうと思います。

渡部：運動という言葉を言い換えたらどうなるでしょうか。

僕は説話の素人ですが、例えば説話を説明するときに、説話は出来上がっていく途中なのだといつも喋ってます。完成した作品とみるから説話はよくわからないのだけれども、説話というのは次の語りを呼び出すものなのだ。そして自分自身も何かに呼び出されて、あるお話を語るのだ。そのように何か常に過程として生成していくもの、それを言い換えれば運動になるのかなと思いました。そういう捉え方をしてもいいのか伺いましょう。

高木：発想としては、説話の生成の場と同じです。第6講で、読者と作者、作り手と受け手ということで話していますが（九八頁）、テクストの読みが生じてくる関係の流動性です。流動というのは、説話にふさわしい言葉でしょうか。

渡部：説話の方がむしろふさわしいかもしれません。

安藤：実はその問題を近代小説でも考えてみたかったんです。つまり、本当に優れた表現というのは一回的なものなのだけれども、同時に挑発的なものでもあって、自分も思わずまねをしたくなる。同じようなことをしてみたくなる。優れた作品はみなそういう挑発性を持っているのではないか。

その取っ掛かりというか、鍵のようなものが表現に内蔵されているような気がする。例えば近代小説の場合、個別的に分析しても優れた作品と評価できるのだけれども、同時にさりげなく他の小説を連想させるような一節があったり、あるいは自作の引用があったり、他の人の作品の引用があったり、何かそこに触発されて自分もしてみたくなる、あるいはそこに参加してみたくなるような力がある。自分もその輪につながりたくなるような、そういう挑発性が運動を呼び起こすのではないかしら。

長島：様式ということでいうと、運動や展開にもっとも神経を集中している様式の文学は俳諧（連句）です。前句に付句を付けて二句の間にできあがった世界は、次の新しい句が付けられた時には、その新しい句と直前の句によってできあがった新しい世界によって破壊されます。今現在の二句の世界だけが存在していて、その前の世界は全部捨てられなければなりません。

渡部：捨てなければいけないですね、戻ってはいけないですものね。

長島：連句の歌仙は三十六句ですけれども、土芳の『三冊子』に、「たとへば歌仙は三十六歩也。一歩もあとに帰る心なし。行くにしたがひ心の改まるは、ただ先へ行く心なれば也」という芭蕉の言葉が書き留められています。三十六句はひたすら前へ進むだけ、後ろへ戻る心がないと芭蕉は言う。

ところが、芭蕉は同じ『三冊子』の中で、「発句の事は行きて帰るの心の味也」と言っています。連句では、前句に付句がついて二句で世界が成立しますけれども、連句の中で第一句目である発句だけには、当然のことながら前句がない。だから発句は、自らの中に、前句と付句の両方を原理的に抱え込んでいるのです。というより、抱え込まなくてはいけない。発句では、一句の中に、通例は二句で構成される世界が存在する。つまり発句は、それだけで完結した一つの世界であり、宇宙なのです。発句には切字が必要だとするのも、形の上からも、発句を独立し完結したものにするということです。破壊すべき前の世界がない発句だけは、前に進む心はなく、自らの中にある、内在化した前句と付句によって作られた世界を行きつ戻りつする心――「行きて帰るの心」があるのです。

　俳諧は共同制作の文学でありながら、連句の進行に従ってみんなでストーリーらしきものを考えていくのではなく、自分が付句を付けて作った世界を、次の人が次の付句を付けることによって破壊し別の世界を作ってゆく。ところがその別の世界は、さらにその次の付句が付けられた瞬間に破壊される。今あるのは、現在の前句と付句の二句だけである。そういう破壊と創造の繰り返し、無限の相対化の連鎖こそが、連句の特異な共同性です。破壊する者と破壊される者が瞬時に交代する、そういう共同性です。運動、という言葉にこれほどふさわしい文学形式はないかもしれません。

安藤：そこが面白いところです。まさに「一将功成り万骨枯る」というか、結果的に多くのものに支えられて一句が成り立って、結局、残るのはそこだけなのです。近代でいえば、俳句。発句だけが独立したときに、大将だけが残って、あとの兵卒はみんな死んでしまう。逆に言えば、兵卒なしに発句だけで成り立つのか、という話にもなる。個だけに収斂（しゅうれん）したときに表現は成り立ちません。その背後に、死んでいく五十、百があってはじめて一つが残るのではないかと。

想定される「読者」

藤原：安藤さんが、第12講の「大きな舞台の小さな演技」で「近代の活字文化においては、読者の「顔」が不特定多数になって、見えなくなってしまう。あらゆる表現は誰に理解してもらうのか、という、その共同体を前提にしなければ成り立たない」（一九六頁）とおっしゃっているのをうかがって、『源氏物語』の場合はどうなのだろう、と思いました。『源氏物語』は私小説のような共同性を仮構していく操作をしているようには思えません。

安藤：それは一度、うかがってみたかった点です。

藤原：まだよく考えがまとまっていないのですが、

『源氏物語』の書き手は、顔が見えているとまではいわなくても、どういう人に読まれるのか安心しているわけです。螢の巻で光源氏が、およそ物語というものは、「世に経る人のありさまの、見るにも飽かず、聞くにもあまることを、後の世にも言ひ伝へさせまほしき節々を、心に籠めがたくて、言ひおき始めたるなり」と言っていますが、「後の世」の人なんて、全然どのような人たちかわからないはずではないですか。でも、後の世の人たちだって今の自分たちと同じような人たちなのだという安心感があるような気がします。そこが近代の社会の在り方と違うのではないでしょうか。

安藤：むしろ共通点はないですか？　実は近代の作家も、私小説のようなものでも、もしこの小説を後の世の人が読んでくれるなら、といった表現は結構あります。やはり後の世の読者のことは意識にあるし、シグナルとして出しているわけです。安心感、とおっしゃいましたが、それはむしろ不安と隣り合わせであって、決して安心して書いているわけではない。

藤原：むしろ不安なのが近代で、今の自分たちと同じような人が後の世にもずっと続くのだという安心感が、少なくとも平安朝の作家たちにはあったような気がします。

渡部：見ぬ世の友、ですね。自分が過去の人と出会っているように、未来の人も必ず自分と出会ってくれる。

安藤：必ず、という発想は近代小説にはおそらくないのではないかな。ただ、信じられないけれども信じたい、そうでないと表現が成り立たない、というシグナルもまた、同時に小説の中に埋め込まれている。これは単なる雑記帳ではない、「小説」なのだ、小説であるからにはやはりある種の普遍性を持って、みんな後世の人まで読んでくれるに違いない、そう思わないとても書けない、というメタ・レベルの信号ですね。

　共同性というとき、何かもともとあるもの、と考えがちですが、むしろ後に控えている者への思いを含めて考えないと、共同性という概念は捉えられないような気もする。

長島：作品がどのような形で読まれるかということですね。例えば和歌の場合、個人的な贈答で詠まれる、あるいは歌合（うたあわせ）で詠まれる。これは第一次の創作の現場ですね。それが今度、撰集に入ります。贈答歌でも歌合の歌でも、創作の契機としてある種の共同性を持っていますが、撰集に入ってくると、そこで共同性の意味合いが違ってくるのではないでしょうか。

さらにいえば、『古今集』の和歌の中に入っている歌が、今度は『伊勢物語』の中に入ってくる。和歌が物語の中に解放されることによって、そこでまたその歌が持つ共同性の意味合いが違ってくるように思います。同じ歌が、和歌集に入った時と、物語の核になるような形で歌物語に取り入れられた時、また説話に入れられた時では、意味合いが違ってくるのではないでしょうか。

和歌だけではなく俳諧もまさに事情は同じです。俳席で連句の発句として詠まれた発句が、『奥の細道』という私小説的な紀行文に採録されると、共同性という観点からはずいぶん意味合いが違ってくる。そのことを話してみました。

鉄野：『万葉集』の時代も同じです。家持が実際に詠んだものがあったとして、それを家持が『万葉集』の中に組織として組み込んだときに、同じ和歌でも持っている意味合いが恐らく違ってくるのだろうと思います。

後世に伝えるという意味は非常に強いと思います。『万葉集』という書名からしてそういう意味だとも言いますし。ただし家持の政治的な歌は、ひどく韜晦されています。いくら歌は演技的で現実とは別個とはいえ、今ここでストレートには言えない。だからこそ、ここに記しておくということではないか。千三百年を経て、私が初めてその真意を汲み取った、などと思ってしまう時もあります。思い込みかもしれませんけど（笑）。

「作者」の複数性

高木：以前は私も、『源氏物語』は紫式部の作だと考えて、あまり疑わなかったのです。宇治十帖（じょう）や匂宮三帖を別人の作とみる説は古来ありますが、特に鈴木日出男先生はそれらも含めて、紫式部一人で書いた、さらには桐壺巻から順番に書いたのだとも言っていました。紫式部という個を、最後は信用していたようです。

　ところが関西学院大学に赴任したら、高松政雄先生という漢字音の専門家に、「どう思う、紫式部は男ではないのか」と言われました。あれだけ漢籍の素養があって、物語に多く引用しているのに、どうして女が書いたと考えているのか、という問いでした。そこで、たとえばお父さんの藤原為時（ためとき）も書き手として参加した原案か草稿があって、それが紫式部の加筆を経て世に出ていき、結果として紫式部の方が有名になった、などという可能性はないかとも考えてみました。古注に見える説ですけれども、これはどうでしょうか。

藤原：いや、為時には書けないだろう、という気が僕にはします。『源氏物語』は日本語の「てにをは」の持っている表現力を駆使しています。これは、漢文の実作が専門の仕事になっている人間には無理なのではないかという気がします。

　それと、『百年の孤独』のガルシア＝マルケスが、自分の母親はものすごく物語を語るのがうまかったと言っています。即興的に語っているのに、伏線もあって、仕掛けがあって、あっと驚かされたというのです。『万葉集』巻三で、持統天皇が「否（いな）と言へど強（し）ふる志斐（しひ）のが強（し）ひ語りこのころ聞かずて朕（あれ）恋ひにけり」という歌を贈った「志斐の嫗（おみな）」のように、物語というのは本来女性のものだったのではないか。

高木：後半の方、すぐには承服できませんけれど。そういえば稗田阿礼（ひえだのあれ）女性説なんていうのもありましたし、藤原先生には珍しく、民俗学っぽい発想ですね（笑）。ともあれ、現状の『源氏物語』は為時には書けないというのはおっしゃる通りだなと、今やはり納得しました。

安藤：お二人の話をうかがっていて少し不満を感じたのですが、どういう人が書いたか、というのは、結局は実体的な話ですよね。例えばいまめかしきことを嫌う心性こそが、というときのそれは、紫式部という特定の個人というよりは、物語全体が持っているモチーフと考えるべきなのではないですか？物語に内在している属性、というか、物語自体に貫かれている性格をおっしゃっているのであって、紫式部という名前を付けても付けなくてもいいのでは？

藤原：第2講で話しましたように、『源氏物語』と『紫式部日記』には深く共通するものがあるので紫式部を考えますが、それ以上紫式部を実体化して考えているわけではありません。やはり作家は、創作の中で仮構された作家です。そういう紫式部しか実は僕も考えていないのです。

安藤：一つの工房の中で、複数の人々によって出来上がった、ということと何も矛盾しない気がします。

藤原：いいえ、工房で共同制作されたような作品ではないというのが僕の立場です。

高木：正編の光源氏の物語では、ある巻以降は、複数の作者を想定するのはかなり無理があります。統一感のある、非常に強固で精緻な構造を抱えた長編物語です。いくらかの原型を想定できるのは最初の数巻でしょう。より粗悪な原案があって、それを書き直しながら組み込んで、一つの物語に仕立てたと考えます。組み込んで長編にしようと思った時点をこの物語の作り始めだというのならば、それは、後続の物語の書き手と同一だともいえます。けれども、かなりばらばらな断片的な短編の物語を『源氏物語』が集めて吸収したことが、それ以前に星の数ほどもあったとされる物語の消滅につながった、単に『源氏物語』が優れていたから消滅したのではなく、『源氏物語』の中に取り込まれたために、独立した物語としては要らなくなったから消滅したのだと考えています。

長島：工房説はないのですか。成り立たないですか。

高木：最近では、諸井彩子さんが「共同制作」を主張するなど、工房に近いことを匂わせる人は増えています。

長島：それは外部徴証がありますか。例えば『源氏物語』以前でも以後でも、複数の人間が制作に関わったというはっきりした証拠がある物語がありますか。

高木：片桐洋一さんの『伊勢物語』の段階的な成立論は、数十年以上の章段増補の期間を想定しています。片桐説の論法には今日批判もあるでしょうけれど、含まれる和歌の成立年代からして、単独作者ではありえないのです。『栄花物語』も単独ではないでしょう。

長島：全く排除ができないわけではない、あるいは宇治十帖は別人の作だという説は、今はないですか。

高木：最近ですと、田坂憲二さんは竹河巻の別作者説をむしろ再評価していますね。今まで長く「紫式部」に縛られていた物語を、少し集団というか共同体の場に解放しようという動きは、昨今は従来の説に対する反動としてあります。

安藤：解放してそのあとどうするのでしょう。解放したとしても、物語の本質を突き詰める方向にはいかない気がするのですが。

高木：ほかの平安朝の物語に比べて、『源氏物語』を特権的に考えすぎてはいないかという反省なのです。源氏研究の議論の中にも両極があって、私は八〇年代に研究を始めたので、ベースにテクスト論的な発想が強く、あまり作者という個のことは考えなかったです。けれどもやや先祖返りというか、『紫式部日記』や『紫式部集』の執筆の時点や紫式部の経験と、『源氏物語』の執筆時期をリンクさせるような議論は、二〇〇〇年代に入ってかえって増えたのです。物語中のこの歌は紫式部のこの歌と似ているから同時期に書かれたのだろうとか、紫式部は斎院の交代を見ていないから正確に書けない、などと言われると、非常に違和感があります。特に最近は歴史史料を駆使した研究が増えたせいか、紫式部の時代の実態や彼女の個としての経験にすべてを還元しようとする議論が増えています。そういう動きの中で、平安朝の物語はそもそも必ずしも一人で書くものではないのだよということを、やや挑発的に言いたくなっているという状況があります。

藤原：そこは高木さんの意見に賛成です。

長島：実体に還元しなくても、作者が違うということが内部的にどういうことにつながっていくのかという説明ができればいいわけです。これは単独作ではなく、複数の作り手を想定した方が理解しやすいという場合は、あまり恐れずに複数作者説あるいは工房説で考えてみてもいいと思います。私は、西鶴の作品に工房説があり、西鶴が単独で書いたと考えた時に出て来る作品内部の矛盾を、その工房説で解消できることがある、そういう工房説の有用性を念頭に置いているから、そう思うのですが。紫式部という一人だけの作品とし、しかも『紫式部集』その他の伝記的なものと、都合よい箇所だけリンクさせて一件落着というのは、これは素人が考えても拙劣に過ぎ、それだけでは当然納得できませんね。

高木：工房説や複数作者説は、しょせんは証明できないかもしれません。しかも『源氏物語』は統合体として非常によく出来過ぎています。『更級日記』の作者が浮舟へのあこがれを書いているのを素直に信用すれば、一〇二〇年ごろには宇治十帖まで流布していたことになります。ただもしそうだとしても、それが今日見るような、よく出来過ぎた『源氏物語』だったかどうかは、私にはかなり疑わしく感じられます。

安藤：よくできていればそれでいいではないですか。

高木：「よく出来過ぎた」姿になったのは、藤原定家を通過したぐらいの時代かもしれません。われわれは多くの人が書き写す過程で推敲を重ねていった後の、ほどほど安定した「完成体」を見ているのです。

安藤：そういうことは確かめようがないのだから、よくできているという事実が全てで、それでいいのではないですか？　それに「紫式部」という記号で名付けておけばいいわけです。

高木：昨今目覚ましい諸本研究の成果が、物語の動態的な成立を否応なく感じさせるようになったからでしょうね。「紫式部」を記号と考えて使っていればいいのですけど、多くの場合はそうではないでしょう。極論すればその記号はたとえば「定家」と呼んでもいいのではないか、紫式部原作、定家ほか編という意味です。物語を読む方法の一つが書写することであり、書写する人は、次の段階の作者や編纂者になるという環境なのです。今日残る『源氏物語』の本文は、『狭衣物語』に比べれば圧倒的に異同が小さく、比較的早い時点で本文の流動化がおさまったようです。それだけ早くに権威化されたのでしょうが、それでも、十三世紀後半に成立した物語の作中和歌ばかりを集めた『風葉和歌集』には、今日の『源氏物語』では作中歌として認められていない歌が載っています。物語というものにはその程度の流動性があって当然だった、つまり〈共同体〉の産物だということです。

安藤：共同性の問題に返して言うと、何百年もかかって紫式部という記号をみんなで作ってきたわけですね。

長島：物語や小説の創作に関しては、和歌や俳諧と違って共同あるいは工房というのは普通は想定しにくいですが、近世小説にはおそらく実態としてそれがあるのです。先にもちょっと名前を出しましたが、西鶴作品のあるものは工房説が非常に有力です。西鶴が弟子に材料を配って、私のこの話のように書いてみろと。弟子たちが書いたものを、補訂・編集して一書を作る。そういうプロセスが想定されます。それから為永春水(ためながしゅんすい)に至っては、為永連と称される多くの門人たちとの合作がほとんどです。

安藤：実は長島さんにうかがいたかったのですが、うちの研究室に『戯作六家撰』という名品がある。あれを見たときに軽いショック受けたんです。「作者」の肖像がイメージとして流通していた。今回、近代作家の肖像写真を取り上げたわけですが、江戸の読者が、すでにこの作者はこういう顔をしているのだという具体的なイメージをどこまで共有していたのか。あれはかなり実物に似ているわけですよね。

長島：実物に似ていると思います。それぞれに粉本――基づく絵があると思います。山東京伝の場合には、自分の合巻の口絵に掲げた、歌川国貞が書いてくれた肖像画の模写がタネになっていますね。

安藤：そのような情報はある程度共有されていたのでしょうか。それとも、名前は符号であって、どのような人でもいいということなのでしょうか。

長島：いいえ、あの時代になると、読者は実際の作者の顔を知りたがるようになります。だから京伝は自分の顔を書き込んでいます。あるいはもっとリアルな、栄里という浮世絵師が描いた肖像画もあります。もっともその一方で、自分の黄表紙の不細工な主人公の、通称京伝鼻で描いた、実物には似ていないパロディの自画像もありますが。

安藤：顔を知りたいという欲求は、当時もあったわけですね。出版文化における共同性、ということで、江戸と近代が、他の時代と決定的に違うところだと思います。

長島：作家の名が本の売り上げに大きく関わってくるような近世後期の戯作になると、読者も作家の顔を知りたがるようになります。

安藤：そこは近代と非常に似ているのだけれども、やはり違うのは共同制作だという点なのではないかな。彫る人や描く人など、一つの工房のチームとして出来上がっていく。

長島：上田秋成の『雨月物語』は剪枝畸人というペンネームで出されています。秋成の周囲にいる大坂のごく数少ない人以外は、秋成が書いたことなど知りません。ほぼ同時代の江戸に住んでいる『雨月物語』の読者は、この作者は誰だか知らないが、として読後感を記しています。近世小説は、同じ作者の作でも、一作ごとに筆名が変わっていることも多いのですが、江戸時代も後期になり、京伝や馬琴のように特定の作者が大量に小説を書くようになって、その名前が売れ行きに影響を与えるようになると、本屋も商策上、京伝や馬琴の名を固定し強調して表に出すようになります。そして読者は、個人としての作者の顔を知りたがるようになります。挿絵画家にそれを描いてもらうわけです。

安藤：近代になってもかなり後まで、挿絵は、作者と画家との密接な打ち合せの下に、まだ書かれていないはずの粗筋まで教えてもらって画を書いている。過渡的な数十年ですね。

長島：挿絵画家との打ち合わせを、秋成は『雨月物語』ではおそらくやっていると思います。ただ、読者と作者の関係ということになると、匿名の向こう側に秋成は隠れている。読者から秋成は見えないし、顔を見たいとも思わないでしょう。

渡部：秋成は工房的なものは全くなく、たった一人でですか。

長島：『英草紙(はなぶさぞうし)』という自分の先生に当たる都賀(つが)庭鐘(ていしょう)が書いた作品の主題を引き継ごう、あるいはそれに対して違った意見をぶつけようと思って描いている話もあり、そういう意味では、庭鐘とは広義の連帯性、共同性があるとも言えますが、誰かと合作したということはないです。

その一方、『雨月物語』と同時代の十八世紀の演劇では、浄瑠璃でも歌舞伎でも合作が花盛りです。歌舞伎にしろ浄瑠璃にしろ、各場、各段は分担執筆で、それをメインの作者が一つにまとめ上げます。それはもう、完全分業制になっているといってもいいほどです。お芝居ではそうなのだけれども、西鶴や春水のような例外もないことはないですが、小説は基本的には単独執筆です。

安藤：第8講に書いたのですが、明治になっても、たとえば尾崎紅葉は、弟子の泉鏡花の作品に原型を留めないぐらい手を入れて、どちらが書いたのかわからないような、それはお師匠さんがしたことは絶対だから、活字になってしまえばどちらが書いたか分からない形です。それに近い時代がしばらく続いていました。

高木：『源氏物語』に関して一番疑うのは、やはり量です。一人の人が書いたにしては多いのではないかという感覚があります。わりあい短期間のようですし。体力的にこんなに書けるのか。活字になっているから小学館の全集で六冊ですが、それでも六冊です。

長島：江戸の戯作者であれば、馬琴や一九の作品は、文庫本にしたら数百冊から千冊にのぼるのではないでしょうか。

高木：『蜻蛉日記』が次第に散文で書くことを覚えていくプロセスなどを勘案すると、平安時代中期、女が仮名で、和歌ではなく長大な散文を書くこと自体、とてつもなく大変な事なのです。今日見るような成熟した姿にまで、一人の人が一から十まで単独で作り上げたというのはやや想定しにくいと思います。すでにあるものを取り込んだか、脇に何人かの黒子を抱えながらまとめ上げていったという可能性は捨てきれないです。それに、『紫式部日記』より文体が整っていますから、後の人の手も入っているでしょう。でもそれも含めて鉤カッコ付きの「紫式部」作ということで、もちろんいいと思います。監修者が、強力な自分の孤心を傾けて、個の制作としての精巧な統合体としての色合いを強めていったのだ、とも思うからです。

歴史と共同体幻想

安藤：鉄野さんにうかがいたかったのは、第9講の最後に、歌謡というのは万葉時代の人から見たら遥かに昔の話だ、というまとめ方をされていましたね。

鉄野：歌謡は和歌に比べて古い文体ということです。

安藤：『古事記』は、文字通り「古」の事を記した書であり、その描く世界は、今の世、奈良朝からすれば……雄略のようなマジック・キングは、「畏敬と讃仰の対象」であるばかりでなく、その卑小さ・滑稽さを笑われる面もありました」（一五六頁）というくだりがありますが、極端に言うと、ある種の「笑い者」にされてしまっていたわけですか？　そこは奈良時代になっても、そういうものを形として残すのだという、その時代特有の、共通の信仰としてあらたに作り、残していこうとするエートスはなかったのでしょうか。ただ単に昔のものが残っていて、「ああ、昔はこうだったのか」という話でもないような気がするんですが。

鉄野：帝王からしてそんな滑稽な様子だった昔というものを造形するのだろうと思います。『古事記』と『日本書紀』とでは全く違っていて、『日本書紀』では乱暴ではあっても雄々しく立派な帝王像を描きます。ところが『古事記』では、粗暴な振る舞いで女性に逃げられたり、求婚したのを忘れて美女と結婚できなくなったりする。それは、編纂時の二十数年前の持統天皇までの歴史を語る『日本書紀』と、百年前の推古天皇までの『古事記』、という書物としての性格の違いなのだろうと思います。『古事記』はまさに、古代人にとっての『古事』の『記』なのです。この話をするときは、よく時代劇を持ち出します。将軍や町奉行が遊び人のふりをして街を闊歩し、岡っ引きが小銭を投げて悪者を逮捕する。ヒーローは敵役をばんばん切りまくる。現実にそのようなことがあるわけないですよね。だけど百年以上昔には、このような変な時代があったと、我々も平気で幻想している。

安藤：今はないけれども、百年前ならあったに違いない、という感覚ですか？

鉄野：逆に言えば、今現在は、文明化されていて、『古事記』の語る時代とは違いますよということです。江戸時代と私たちとの間には、文明開化以来の近代化が横たわっているわけですよね。推古朝と、『古事記』の出来た奈良時代初頭との間にも、やはり中国文明による律令国家化があるのです。われわれはその時期を経て、ここまで文明化した。振り返ってみれば、お爺さんのお爺さんの頃までは、このような世界が広がっていたのだ、という語りではないか。私たちが、幻想された江戸時代を、自分たちとは異なる、自分たちのルーツと見なしているように、『古事記』もそうした過去を作り出しているのではないでしょうか。

安藤：今との異質性が前提になっているということですね。一方で、連続性を帯びた発想はないのでしょうか。

鉄野：無論、連続性があるからこそ異質性が意識されるのです。『古事記』に載っている歌は、曲節も伝わっていますから、奈良時代にも謡っていたのだろうと思います。しかしそれは、私たちが謡曲や詩吟を詠ずるようなもので、自分たちが今作っている和歌の洗練された文体とは違う、ということではないでしょうか、古めかしい歌であって、そういうものが昔の物語を語るにはふさわしい。

安藤：たとえば赤猪子の話は有吉佐和子も小説にしているんですが（『笑う赤猪子』一九五七年）、確かにおかしいですよね。相手だけがおばあさんで、天皇は年を取っていないのだから。おかしいのだけれども、だからこそ天皇なのだという、信仰というと変だけれども、天皇だったらそういうことがあり得るのだという前提があるのではないですか。

鉄野：奈良時代の現実の天皇はそのようなことはないわけです。マジック・キングというのは、まさに今とは異なる「古」に幻想される存在です。

安藤：もちろんそうです。しかし一方で、連綿と続く庶民のエートスというか、為政者はこうであってほしいという系譜は、やはり共同性に何か関わってくるのではないかと。

鉄野：天皇の聖性、超越的な支配者としての資格といったものが、マジック・キングの血を引いていることで保証される、ということはあるでしょう。そもそも『古事記』は、天皇を天つ神の子孫と語ることで、現在の支配を根拠づける書物ですから。しかし一方、『古事記』には、奈良時代初頭の強い発展史観を感じます。ずっと古代国家が建設されてきて、律令を備え、平城京が完成して、こんなに立派になった。法に根拠づけられた国家の支配者である天皇は、もはやマジック・キングではありえません。

高木：今の世があるのは神の功績だ、天皇の先祖たちのおかげなのだ、ということですね。

鉄野：ところが家持の奈良時代中期になると下降史観なのです。昔はこんなに良かったのにとなってきます。天平時代は陰謀が渦巻き、天災や疫病が頻発して暗い時代でした。

長島：たかだか五十年くらいでそうなってしまう。

鉄野：それは高度成長期と今の時代も同じですね。

安藤：ある教え子から言われました。「進歩史観はいけないと言うけれども、それは先生が高度成長の時代に育ったからでしょう。バブル崩壊以後、オウムなどいろいろな事件を見てきたわれわれから見ると、世の中どんどん悪くなっていくというのが大前提で、先生がなぜあのように進歩史観を批判するのかわかりません」。その時思ったんですが、やはりわれわれは自分の生きてきた時代の制約を免れることはできない。悲しいくらい卑小な存在です。時代認識もめまぐるしく変わっていく。そうした中で一体何が不易なのか、いや、不易なものがあって欲しい、という切なる思いが、実は観念共同体への信仰を育んできたのではないでしょうか。

あとがき

長島弘明

現代は、文学には逆風の時代だと言われますが、それは日本文学研究においても同じです。かつて文学作品が占めていた場所が、映画、漫画、アニメなど、映像系の表現媒体による作品にとって代わられています。それならば文学が死んだのかというと、そうではありません。時代が移り変わっても、やはり優れた文学作品の価値は不変でしょう。その作品の価値を明らかにする研究も、その根本は不変であるはずですが、時代が求める新しさを必要とするのもまた事実でしょう。新古を超えた不変と、時に応じた柔軟な変化、芭蕉が言う「不易流行」は、俳諧だけではなく文学研究にもあてはまるのです。

東京大学国文学研究室は、文学作品の表現を正確に解析することを教育・研究の根本とし、時々に様々な方法論を取り入れながら最先端の教育・研究を目指してきました。そのなかで、近年、研究室には二つの大きな変化がありました。

一つは、外国人の在籍者数が激増したことです。この四半世紀間に、国文学研究室で学んだ留学生、すなわち外国人の学部生・大学院生・大学院研究生・研究員は、百人をはるかに超えます。出身国も、韓国・中国をはじめとするアジアの国々・地域から、欧米諸国、その他の国まで、二十前後にのぼります。それらの留学生たちは、各自の専門テーマを深めると同時に、帰国後を見すえて日本文学全体の知識をも習得しなくてはなりません。

もう一つは、研究と教育の距離がぐっと縮まったことです。もともと国文学研究室の学部卒業生の進路として、中学校・高校の先生になる人は少なくなかったのですが、近年は、大学院修士課程・博士課程の修了者で中高の教職に就く人が、大変多くなりました。大学院で学んだ最先端の研究をどのように授業に反映させるかという切実な問題が、浮かび上がってきています。

そこで我々教員は、従来の授業では十分にはカバーしきれなかった、日本文学の研究成果の国際化・国際的発信と、中高の授業との協調を主として念頭においた社会的発信を、今後の研究室の大きな課題としようと考え、二〇一二年から二〇一三年にかけて、日本文学研究をテーマとした国際シンポジウムを、韓国外国語大学・コロンビア大学・北京日本学研究センターで開催し、また教育と研究をテーマとしたシンポジウムを、中高の先生方と連携して東京大学で開きました。

それと同時に、二〇一三年度からは毎年、国文学研究室の教員全員が協力して担当する授業を、年ごとに統一テーマを決め、「総合日本文学」という名称で開講しています。「総合」という名を冠したのは、研究の「国際的発信」にしろ「社会的発信」にしろ、それまでの特定の時代、特定の分野の課題を深く掘り下げた授業とは異なった、時代やジャンルを横断する、新たな「総合」的視点が必要だと考えたからです。この授業は、留学生や、中高の先生になることを希望する学生はもちろんのこと、研究職をめざす学生たちにも、研究の視野を広げるため是非一度は出席してもらいたいと呼びかけています。

現在のコロナ禍のもとで、従来の対面式の授業に加え、オンライン式のライヴ授業やオン・デマンド式のビデオ授業など、新しい方式の授業が模索されています。対面式授業でないための不便はもちろんありますが、一方で、場所や時間に制約されないという大きな利点も、これらの新方式の授業にはあります。この本は、実際に行われた「総合日本文学」の授業をもとにしたものですが、紙上におけるライヴ授業・ビデオ授業ということを念頭に置きながら編集しました。その意味では、これも新しい方式の授業の一つといえるかもしれません。この本から読者の皆さんが、日本文学の面白さをそれぞれ新たに発見されること、ひいては日本文学研究が新たな生命の輝きを得る一つのきっかけとなることを、我々は心から願っています。

二〇二一年三月

執筆者紹介（執筆順）

渡部泰明（わたなべ・やすあき）
1957年生まれ．東京大学大学院人文社会系研究科教授
主要著作：『和歌とは何か』（岩波書店，2009年），『中世和歌史論——様式と方法』（岩波書店，2017年），『和歌史 なぜ千年を越えて続いたか』（KADOKAWA，2020年）

鉄野昌弘（てつの・まさひろ）
1959年生まれ．東京大学大学院人文社会系研究科教授
主要著作：『大伴家持「歌日誌」論考』（塙書房，2007年），『日本人のこころの言葉　大伴家持』（創元社，2013年），『大伴旅人』（人物叢書，吉川弘文館，2021年）

藤原克己（ふじわら・かつみ）
1953年生まれ．武蔵野大学特任教授・東京大学名誉教授
主要著作：『菅原道真と平安朝漢文学』（東京大学出版会，2001年），『菅原道真　詩人の運命』（ウェッジ選書，2002年），『源氏物語　におう，よそおう，いのる』（共著，ウェッジ選書，2008年）

高木和子（たかぎ・かずこ）
1964年生まれ．東京大学大学院人文社会系研究科教授
主要著作：『源氏物語の思考』（風間書房，2002年），『平安文学でわかる恋の法則』（ちくまプリマー新書，2011年），『源氏物語再考——長編化の方法と物語の深化』（岩波書店，2017年）

長島弘明（ながしま・ひろあき）
1954年生まれ．二松学舎大学特別招聘教授・東京大学名誉教授
主要著作：『雨月物語の世界』（ちくま学芸文庫，1998年），『秋成研究』（東京大学出版会，2000年），『上田秋成の文学』（放送大学教育振興会，2016年）

安藤　宏（あんどう・ひろし）
1958年生まれ．東京大学大学院人文社会系研究科教授
主要著作：『近代小説の表現機構』（岩波書店，2012年），『「私」をつくる 近代小説の試み』（岩波書店，2015年），『日本近代小説史　新装版』（中央公論新社，2020年）

講義 日本文学
——〈共同性〉からの視界

2021年3月26日 初 版

[検印廃止]

編 者 東京大学文学部国文学研究室

発行所 一般財団法人 東京大学出版会
代表者 吉見俊哉
153-0041 東京都目黒区駒場4-5-29
http://www.utp.or.jp/
電話 03-6407-1069 Fax 03-6407-1991
振替 00160-6-59964

組 版 有限会社プログレス
印刷所 株式会社ヒライ
製本所 誠製本株式会社

©2021 Department of Japanese Literature, Faculty of Letters, The University of Tokyo, editor
ISBN 978-4-13-082046-2 Printed in Japan

JCOPY〈出版者著作権管理機構 委託出版物〉
本書の無断複写は著作権法上での例外を除き禁じられています．複写される場合は，そのつど事前に，出版者著作権管理機構（電話 03-5244-5088，FAX 03-5244-5089，e-mail: info@jcopy.or.jp）の許諾を得てください．

著者	書名	判型	価格
秋山　虔著	源氏物語の世界	A5	六〇〇〇円
秋山　虔著	新装版 王朝女流文学の世界	四六	二九〇〇円
久保田淳著	新装版 中世文学の世界	四六	二九〇〇円
三好行雄著	新装版 日本文学の近代と反近代	四六	二九〇〇円
原田敦史著	平家物語の文学史	A5	五八〇〇円
多田蔵人著	永井荷風	A5	四二〇〇円
柴田元幸編	文字の都市	四六	二八〇〇円
田村　隆著	省筆論	四六	二九〇〇円

ここに表示された価格は本体価格です．御購入の
際には消費税が加算されますので御了承ください